さあ、こんな　ガリガリ《がりがり》の　やせっぽち　ゾロリ《ぞろり》たちが　この　おはなしの　おわるころには、

こんな　デブデブ《でぶでぶ》　三《さん》にんぐみに　へんしんするのです。どうしてかって、それは　この　おはなしを　よんで、きみの　目《め》で　たしかめて　ください。

たべるぜ！　かいけつゾロリ　大《おお》ぐいせんしゅけん

さく・え　原　ゆたか

おなかの　へった　ゾロリ《ぞろり》たちにとっては、
ひろった　カチカチ《かちかち》の　とうもろこしでさえ、
なにも　ないより
ましでした。
ペロペロ《ぺろぺろ》　している
だけで、気《き》が
まぎれるのです。
　そんなとき、
どこから
ともなく、
しあわせな
においが
ただよってきました。
三《さん》にんが　その　においに
すいよせられていくと……

そこは、うなぎやさんの
みせさきでした。
ゾロリ《ぞろり》たちは　ここで、
その　においを　かぎながら、
うなどんを　たべる
ゆめを　みることに
しました。

しかし、みせの　まえに　たきのような
よだれを　たらした　三《さん》にんぐみに　いすわられては、
うなぎを　たべに　やってきた　おきゃくさんも
きみが　わるくて、かえってしまいます。
うなぎやの　おやじさんは、たまらず
ゾロリ《ぞろり》たちの　まえへ　とびだしていくと、

きみたち、これは　えいぎょう
ぼうがいだぞ。すぐに　ここから
たちさらないなら、けいさつを　よぶよ。
どなりつけました。
ぬわんだってー。
においを　かぐのも
ゆめを　みるのも、
おれさまたちの　じゆうだぁ。
そうだ!!
ぜんりょうな　しみんの
ゆめと　じゆうを、
つみとろうと　いうんだか。
おー。

「おらたちは　けんりょくしゃと、
だんこ　たたかうだー。」

そんな　いいがかりを　つけて、
うどんの　1ぱいも　せしめようと　いう、
なさけない　三《さん》にんの　こんたんです。
その　さわぎを　みていた、めがねの
男《おとこ》が　さけびました。

「あーっ!!
この　三《さん》にんだ!!
やっと　みつけたぞ。
すぐに　つれて
いくんだ。」

ゾロリ《ぞろり》たちは　その　男《おとこ》の
なかまに　だきかかえられ、

ワゴン《わごん》しゃの　にだいに
のせられてしまいました。

ちっ、もう
けいさつを
よばれちまったか。
えっ。
これって
けいさつの　くるまだか？
じゃ、この　いっしょに
つんである　たくさんの
うなどんは、なんだね。
イシシ《いしし》は　なにも　わかっちゃないな。
とりしらべのとき　これを
たべさせて、いままで　やった
あくじを　ペラペラ《ぺらぺら》　しゃべらせようと
する、けいさつの　きたない
手《て》じゃないか。

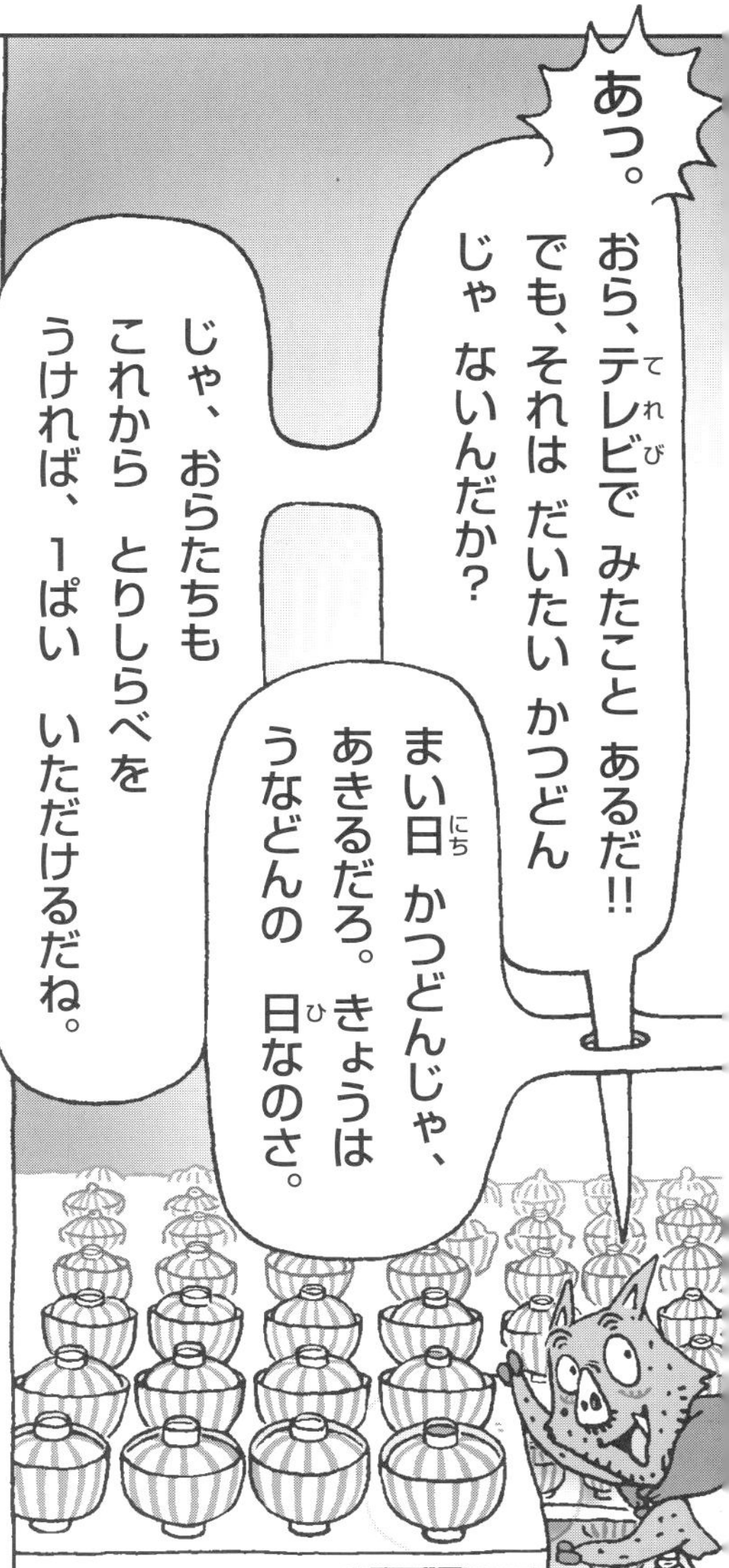

その ことばで、三《さん》にんの こころに
パッ《ぱっ》と 花《はな》が さきました。
そして、くるまが もくてきちに
ついたとたん――

ゾロリ《ぞろり》たちは　うなどんを　ひとつずつ　手《て》に　とって、
「すいません。１ぱい　たべても　いいですよね？」
もう、とりしらべを　うける気《き》　まんまんです。
「どうぞ　どうぞ、１ぱいと　いわず、
いっぱーい　たべていただかないと。」
ちかくの　かかりが　いうので、
「うわーっ。ゾロリ《ぞろり》せんせ、さいきんの
とりしらべは、たべほうだいに　なっただね。」
かんげきしている　イシシ《いしし》に、ゾロリ《ぞろり》は　耳《みみ》もとで、

「いくら　ごちそうに　なったからって、
とりしらべでは　よけいな
ことは　しゃべるんじゃないぜ。」
しっかり　くぎを　さすと、三《さん》にんは
こころおきなく　うなどんを
たいらげていきました。
そこへ　とつぜん、

その　たべっぷり。やっぱり　あなたたち
でしたね。ふたたび　お目《め》に　かかれて
うれしい　かぎりです。
ムシャ
パク
ガク
ガツ
ガツ
ムシャ

うなぎやで　みた　めがねの　男《おとこ》が　あらわれて、
「あなたたちを　ずっと　さがしていたんですよ。
ささ、じかんが　ありません。こちらへ　どうぞ。」
ゾロリ《ぞろり》たちは　わけが　わからぬまま、へやへ
とおされて、かがみの　まえで
メイクアップ《めいくあっぷ》が　はじまりました。
「おい　おい、なに　するんだ。」
ゾロリ《ぞろり》が　メイク《めいく》の　手《て》を　はらいのけると、
「はい。あなたたち、おとくいの　大《おお》ぐいを、

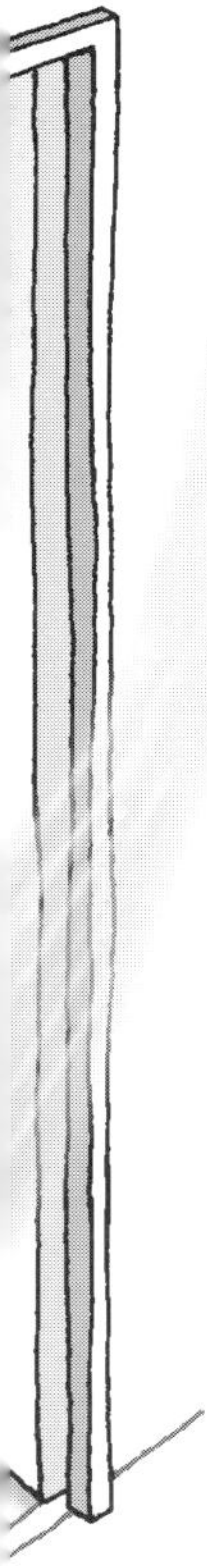

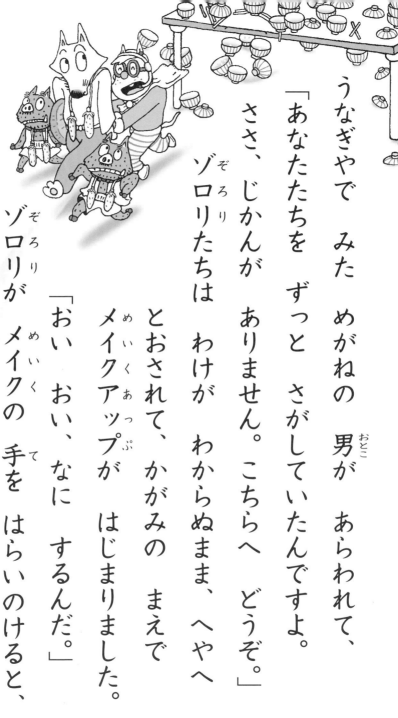

いまから　テレビ《てれび》の『大《おお》ぐいせんしゅけん』で
はっきしていただこうと……。」
「なんだって。おれたち
いやしんぼと　いわれたことは　あっても、
大《おお》ぐいなんか　した　おぼえは　ないぜ。」
ゾロリ《ぞろり》が　ひていすると、
「ご、ごじょうだんを。わたしの
目《め》には　しっかりと　やきついて
いるんです。あの……

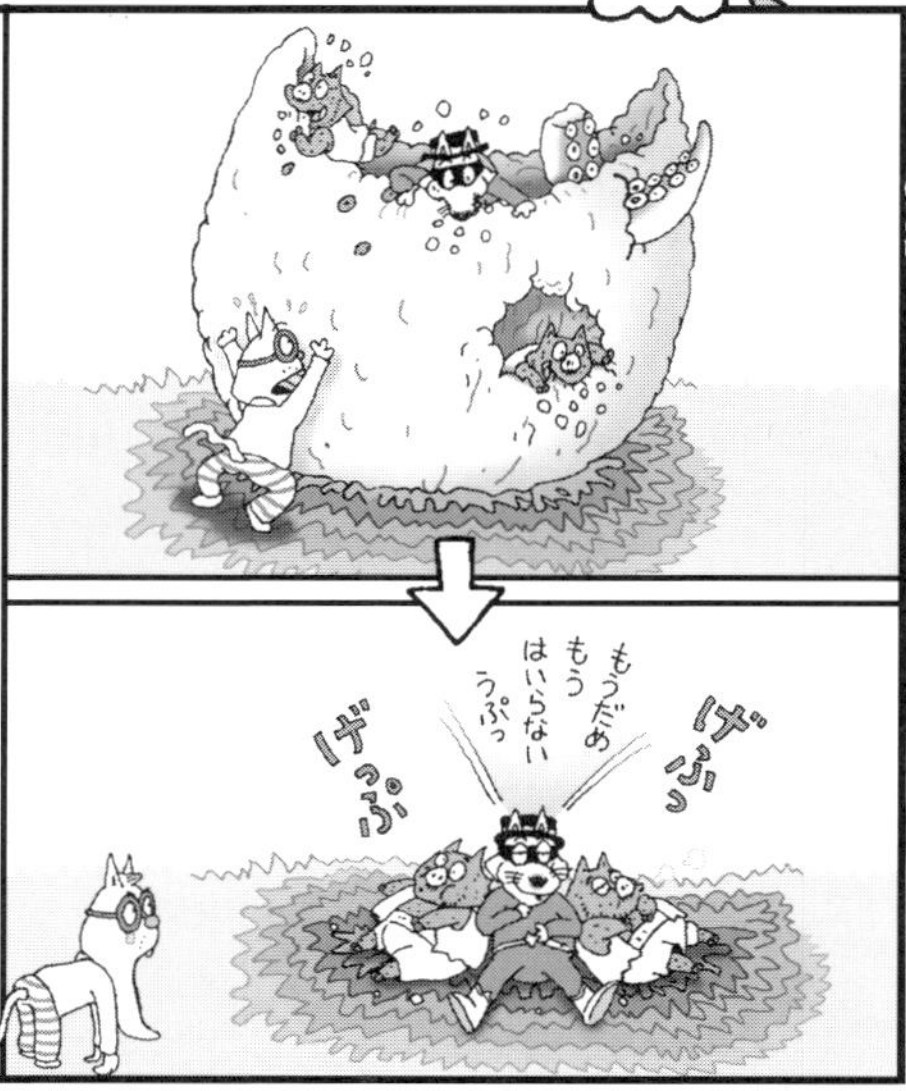

くわしく　しりたい　人《ひと》は、
『かいけつゾロリ《ぞろり》のじごくりょこう』と　いう
本《ほん》を　よんでみてよ。

きょだいタコヤキ《たこやき》を　三《さん》にんで　ペロリ《ぺろり》と　たいらげ、
なにごとも　なかったように
たちさった　あなたたちがね。」
そういえば、三《さん》にんは、
『じごくりょこう』の　はなしで
じごくから　かえってくるとき、
そんな　ことを　した　おぼえが
あります。あのときの
もくげきしゃの　ひとりが、

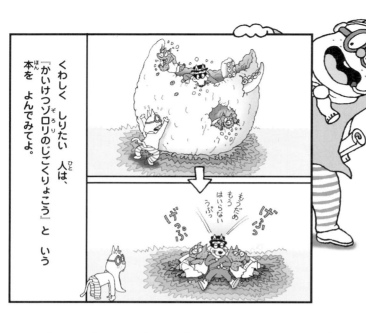

テレビ《てれび》きょくの　ディレクター《でぃれくたー》に　なっていたのです。
「あの　みごとな　大《おお》ぐいを、ぜんこくの　みなさんに
みてもらいたいと、ずっと　さがしていたんです。」
ディレクター《でぃれくたー》は、しゅつえんを　おねがいしました。
でも、しめいてはいを　うけている　ゾロリ《ぞろり》です。
テレビ《てれび》に　でれば、いばしょを　しらせるようなもの。
「できない　そうだんだぜ。」
ゾロリ《ぞろり》は　首《くび》を
よこに　ふりました。
すると……

ディレクター《でぃれくたー》は　ゾロリ《ぞろり》たちの　まえへ　ひざまずき、

じつは、わたしの　うけもつ　この『大《おお》ぐいせんしゅけん』の
人気《にんき》が　おちてきて、こんかい　さらに　しちょうりつが
さがったら、ばんぐみは　うちきり。わたしは　クビ《くび》です。

そこで、わたしが　かんどうした　あなたたちの
大《おお》ぐいシーン《しーん》を　おもいだし、三《さん》にんの
チームワーク《ちーむわーく》で　大《おお》ぐいを　きそいあう
と　いう　あたらしい　きかくで　しょうぶに
でました。

ここで、さらに　あなたたちが　さんかして、
あの　ダイナミック《だいなみっく》な　大《おお》ぐいを　みせてくだされば、
ニュースター《にゅーすたー》の　たんじょうです。ぜひ、しちょうりつを
あげるため、おちからを　おかしください。おねがいします。

あたまを ゆかに すりつけて、 たのみました。
それでも ゾロリ《ぞろり》は、
「おれさまたちは たびの とちゅう。
やらねば ならぬ ことが
あるのさ。 つめたいようだが、
さきを いそぐので すまないな。」
キッパリ《きっぱり》 ことわると、
いすから スック《すっく》と たちあがりました。
そこへ、

ゾロリせんせ
カッチョイイ〜

ドア《どあ》が　あいて、かわいい
キツネ《きつね》の　女《おんな》の子《こ》が　かおを　だし、

ハアーイ《はあーい》♡　うなどんの　みごとな　たべっぷり、
すてきだったわあ。この　『大《おお》ぐいせんしゅけん』、
いっしょに　もりあげましょうね。じゃ、スタジオ《すたじお》で　まってるわ。

ゾロリ《ぞろり》に　ウインク《ういんく》すると、いってしまいました。
ゾロリ《ぞろり》は　いきなり　はなの下《した》を　のばし、
「いまの　かのじょ、この　ばんぐみに　でるのかぁ？」
「はい　ゆうしょうこうほの　ギャルツネ《ぎゃるつね》ちゃんです。」

ディレクター《でぃれくたー》が　こたえると、

あっ。
おれたち、そんなに　いそぐ
たびでも　なかったかも。
この　ばんぐみに　さんかする
ぐらいは　いいんじゃないかなぁー。

ゾロリ《ぞろり》は
いすに　すわりなおしました。
「でも、ゾロリ《ぞろり》せんせ、
テレビ《てれび》に　うつると……。」
イシシ《いしし》が　しめいてはいの　ことを　しんぱい
すると、ゾロリ《ぞろり》は　だまって　かがみに　むかい……

ちかくに あった
きれを つかって、
こんな マスク《ますく》を
つくりあげました。

ジャーン
この ばんぐみでは、おれさま
なぞの マスクマン《ますくまん》 ゾーロリ《ぞーろり》だ!!
そして おまえたちは イシーシ《いしーし》
ノシーシ《のしーし》。どうだ この
へんそうなら、だれも 気《き》づくまい。

これを
みた ディレクター《でぃれくたー》は、
「すばらしい! なんだか
ぐっと しちょうりつが
とれそうな よかんだぞ。」
大《おお》よろこびです。
「さあ みなさん、まず

『うどん　1本《ぽん》の　大《おお》ぐいしょうぶ』です。
では、いそいで　スタジオ《すたじお》へ。」
「なんだ。大《おお》ぐいと　いいながら、たった　1本《ぽん》の
うどんで　いいのかい。よーし　あの　きゃわいい
ギャルツネ《ぎゃるつね》ちゃんに、おれさまの　カッチョ《かっちょ》いい
たべかたを　ごらんに　いれようじゃないの。」
ゾーロリ《ぞーろり》は　イシーシ《いしーし》
ノシーシ《のしーし》を　ひきつれて、
スタジオ《すたじお》へ　のりこんでいきました。

ごきょうりょくのおねがい

●どくしゃの　みなさん　ここからは　ゾロリたちの　しょうたいが　ばれないよう

ゾロリ → ゾーロリ
イシシ → イシーシ
ノシシ → ノシーシ

という　なまえにかわります。このひみつを　くれぐれも　もらさないよう　ごきょうりょく　おねがいします。

ゾーロリ《ぞーろり》たちの　ライバル《らいばる》は　この　すごい　メンバー《めんばー》だ!!

①そこに　よういされていた　うどんは、1本《ぽん》でしたが……。

②その上《うえ》、たいせんあいての　4チーム《ちーむ》の　メンバー《めんばー》は、大《おお》ぐいの　つわものばかりです。

1かいせんは、この ふとい
うどんを、三《さん》にんの チーム《ちーむ》ワーク《わーく》で
いかに はやく たべきるか
と いう きょうぎです。
いちばん おそかった チーム《ちーむ》が、
しっかくと なります。
さあ、いよいよ『大《おお》ぐい
せんしゅけん』の スタート《すたーと》です。

さすが、オーディション《おーでぃしょん》を
くぐりぬけてきた　大《おお》ぐいたち。
どの　チーム《ちーむ》も　よゆうで、
まるたの　ような　うどんを
ペロリ《ぺろり》と　たいらげていきます。

ゾーロリさん いいですね
ざんねん ながら たいじょう!!
ふ〜〜っ
おれさまたちは 2いなのかぁ〜
ゆっくりなら いくらでも たべられるのにぃ

すこしばかり
ゆっくり　たべすぎた
すもうとりの　ミソショウユー《みそしょうゆー》
チーム《ちーむ》が、さいごに　なり、
しっかくです。

① ギャルツネチーム《ぎゃるつねちーむ》 4分《ぷん》44びょう
② ゾーロリチーム《ぞーろりちーむ》 5分《ふん》22びょう
③ ウシヅカチーム《うしづかちーむ》 5分《ふん》38びょう
④ アトウ・サイチーム《あとう　さいちーむ》 6分《ぷん》42びょう
⑤ ミソショウユーチーム《みそしょうゆーちーむ》 しっかく
らくしょう　らくしょう
あんだかな～
おうえん　ありがと

この　大《おお》ぐいの　つわものたちに
まじっても、ゾーロリチーム《ぞーろりちーむ》の
いやしんぼパワー《ぱわー》は、ひとつも
まけてはいません。
みごと　２いで　つうかです。
しかし、ゾーロリ《ぞーろり》にとっては、
ふまんの　のこる　けっかでした。

うどん　どんぶりの　おふろや～

「カッチョ《かっちょ》いいとこ　みせようと　おもってたのに、
ギャルツネチーム《ぎゃるつねちーむ》が　1いだなんて、どっと
やる気《き》が　なくなっちまったなあ。」
テンション《てんしょん》の　さがった　ゾーロリ《ぞーろり》に、
ディレクター《でぃれくたー》が　あわてて　とんできました。
しあいは　はじまった　ばかりなのに、
いま　やめられては、こまります。
「しょうぶは　これからですよ。
　つぎの　『ようかん　ひと口《くち》

たいけつ』で、目《め》にもの
みせてくださいな。」
この　はげましの　ことばに
はんのうしたのは、ノシーシ《のしーし》です。
「あまいものだか!!　おらにとって、デザート《でざーと》は
べつばらだ。ようかん　ひと口《くち》ぐらい、
おら　ひとりで　よゆうで
たたかってみせるだよ。」
とびだしていきました。

まちうけていたのは　きょだいようかん。
「これを、ひと口《くち》で　たべていただきます。」
ディレクター《でぃれくたー》の　せつめいに、ノシーシ《のしーし》は
あおざめました。
「ひと口《くち》だけ　たべれば　いいと、おもっただのに。」
「おい、ノシーシ《のしーし》　これは　大《おお》ぐいせんしゅけんだぜ。
さっきの　うどんが　あんなに
ふとかったんだ。　すこし
かんがえりゃ　わかるだろ。」

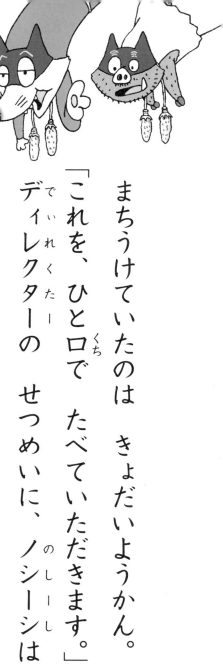

のめば
いいんだよ
のめば
パクリ
アトウ・サイ
チーム
クリアー
うおー

ゾーロリ《ぞーろり》が　あきれていると、
アトウ・サイチーム《あとう・さいちーむ》の
ナカオワニラ《なかおわにら》の　口《くち》に、きょだい
ようかんが　きえていきました。
「あんな　大《おお》きな　口《くち》さえ　あれば、
おらだって　たべられるだよ。」
ノシーシ《のしーし》が　なきごとを　いっていると、
スタジオ《すたじお》が　どよめき、
はくしゅが　なりひびきました。

パチ
パチ
パチ
パチ

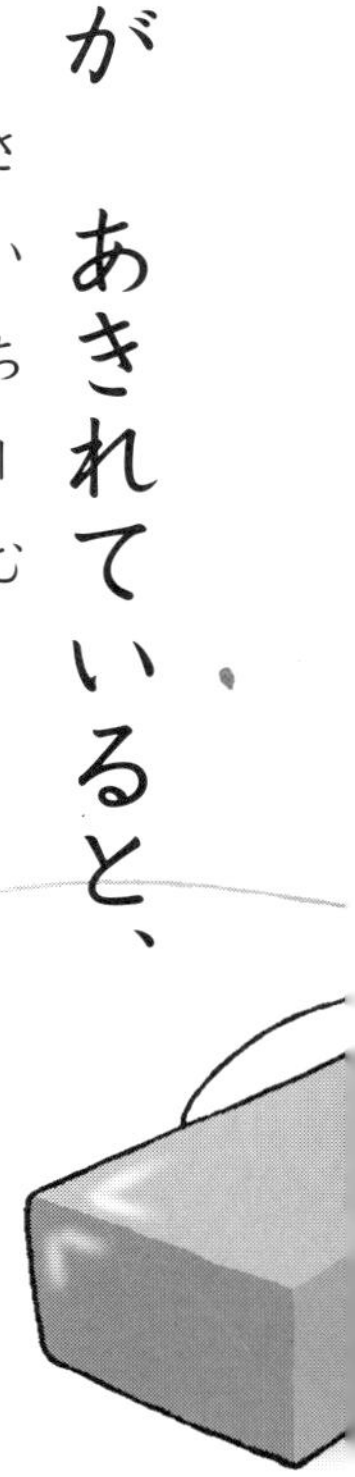

ギャルツネチーム
クリアー！

ふりむくと、あの　かわいい
ギャルツネ《ぎゃるつね》ちゃんが、
ようかんを　ひと口《くち》で
ほおばっていました。
ギャルツネ《ぎゃるつね》ちゃんは
ノシーシ《のしーし》の　なきごとを
きいて、大《おお》ぐいの
きびしさを　みせつけて
やりたかったのです。

「あの　キュート《きゅーと》な　かおを　へんけいさせてまで、
しょうぶに　かける　すがたは、みごとです!!」
しかいしゃも　こうふんぎみです。
ゾーロリ《ぞーろり》は　ノシーシ《のしーし》を　みつめました。
「なるほど。口《くち》の　大《おお》きさじゃなく、
どうやら　やる気《き》の
もんだいだな。」
そういうと、つぎの
しゅんかん　ゾーロリ《ぞーろり》は、

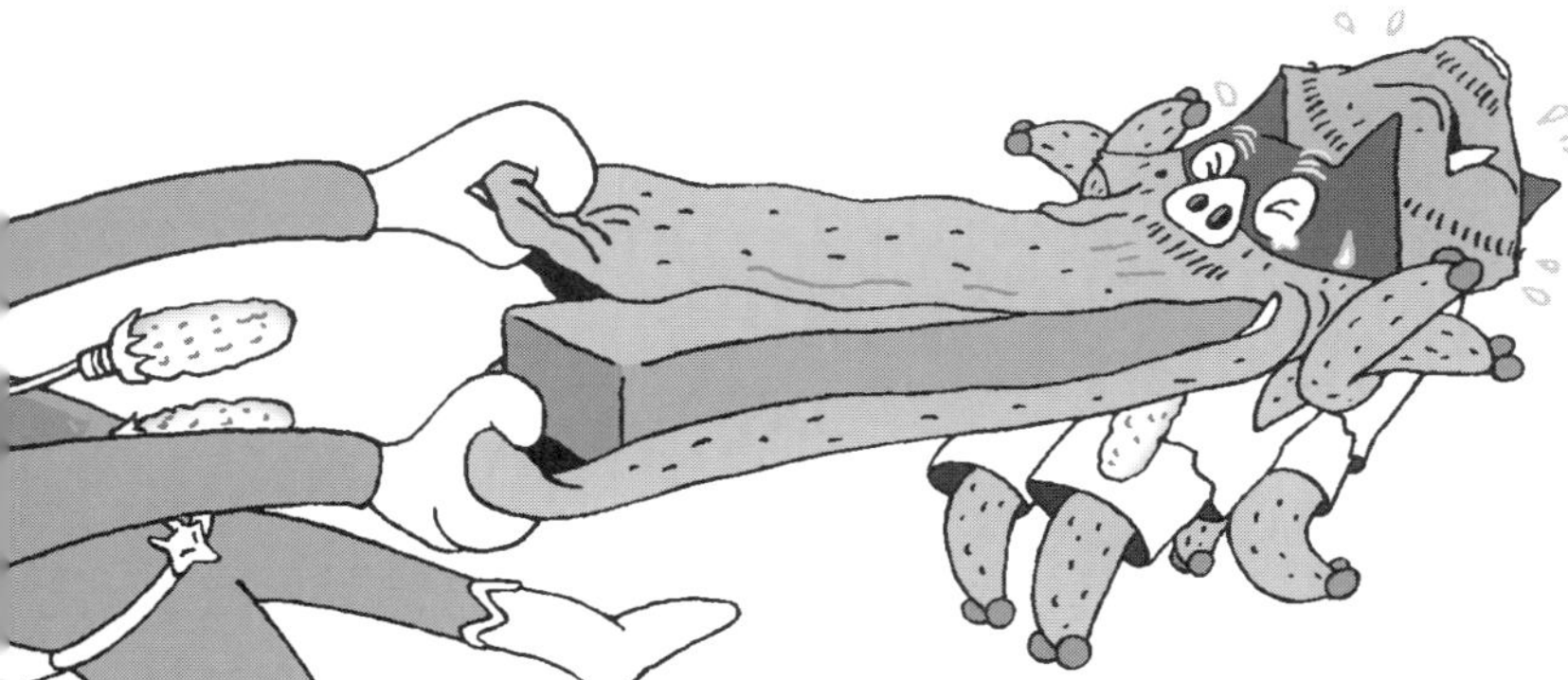

ノシーシ《のしーし》の　上《うえ》と　下《した》の　くちびるを　つかんで
いっきに　ひっぱり、ようかんを
きれいに　つつみこみました。

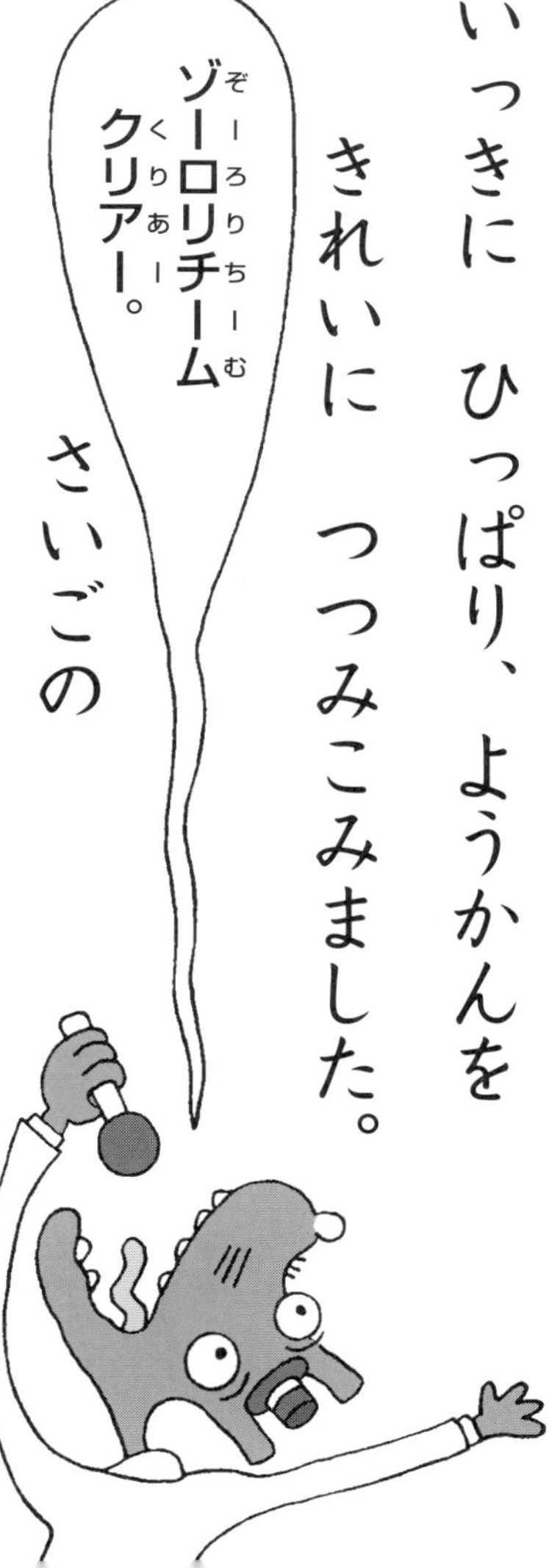

さいごの
ごうかくしゃが　きまり、のこった
ウシヅカチーム《うしづかちーむ》が　しっかくです。

「ようかんを　たべるだけなら
なん本《ぼん》でも　たいらげたのに。

おちょぼ口《ぐち》の　ぼくらに、ひと口《くち》で
ほおばれなんて、むりな　そうだんだよ。」
「ちっ、この　パネル《ぱねる》の　ゆうしょうしょうひんは、
なんとしてでも　手《て》にいれたかったのに……。」
ウシヅカチーム《うしづかちーむ》は　くやしそうに　パネル《ぱねる》を
けとばして、がくやへ　もどっていきました。
「ゆうしょうしょうひんが　あるのか？」
ゾーロリ《ぞーろり》は　その　パネル《ぱねる》に
かけより、みあげました。

ゆうしょう しょうひん
3人分《にんぶん》のおいしいたべものを
たっぷり 5年分《ねんぶん》さしあげます!!
カップラーメン いっぱい
カレーたっぷり
ナゲット めいっぱい
ハンバーガー なんこも
ポテト たらふく
ごはん てんこもり
やきそばやまもり
パンは いろいろ もちきれ ないほど
ケーキ いろいろ
にくまん あんまん いくつも
かぞえきれない ほどの ぎょうざ
おにぎり ごろごろ
アメリカンドッグ これでもか
たこやき ぎょうさん
スパゲッテイ たらふく
スープ たっぷり
いやになる ほどの エビフライ
なんまいもの ピザ
はなぢの でるほど
からだが ひえるほど たくさんの アイス クリーム
うわっ。

これさえ　手《て》にいれれば、もう　５年間《ねんかん》は
ひからびた　とうもろこしを　しゃぶる、みじめな
せいかつとは　おさらばです。
「よーし、『大《おお》ぐいせんしゅけん』に　かって、
このしょうひんを　かならず　ゲット《げっと》するぜ!!」
ゾーロリ《ぞーろり》たちは　かおを　みあわせると、ふかく
うなずきあい、
「さあ、つぎは　なにを　たべれば　いいんだ？」
がぜん、やる気《き》モード《もーど》に　はいりました。

「松阪牛《まつざかぎゅう》ステーキ《すてーき》の　大《おお》ぐいたいけつです。」
ディレクター《でぃれくたー》に　いわれると、ゾーロリ《ぞーろり》は、
「フーッ《ふーっ》。ステーキ《すてーき》かあ。ちょいと　ヘビー《へびー》だな。」
ためいきを　つきました。いくら　いやしんぼでも、
げんかいは　あります。このまま　大《おお》ぐいチーム《ちーむ》と
まともに　たたかっては、かち目《め》が　ありません。
どうにかして、かちのこる　手《て》は　ないものか、
ゾーロリ《ぞーろり》は　スタジオ《すたじお》を　みまわしました。
すると、かたすみの

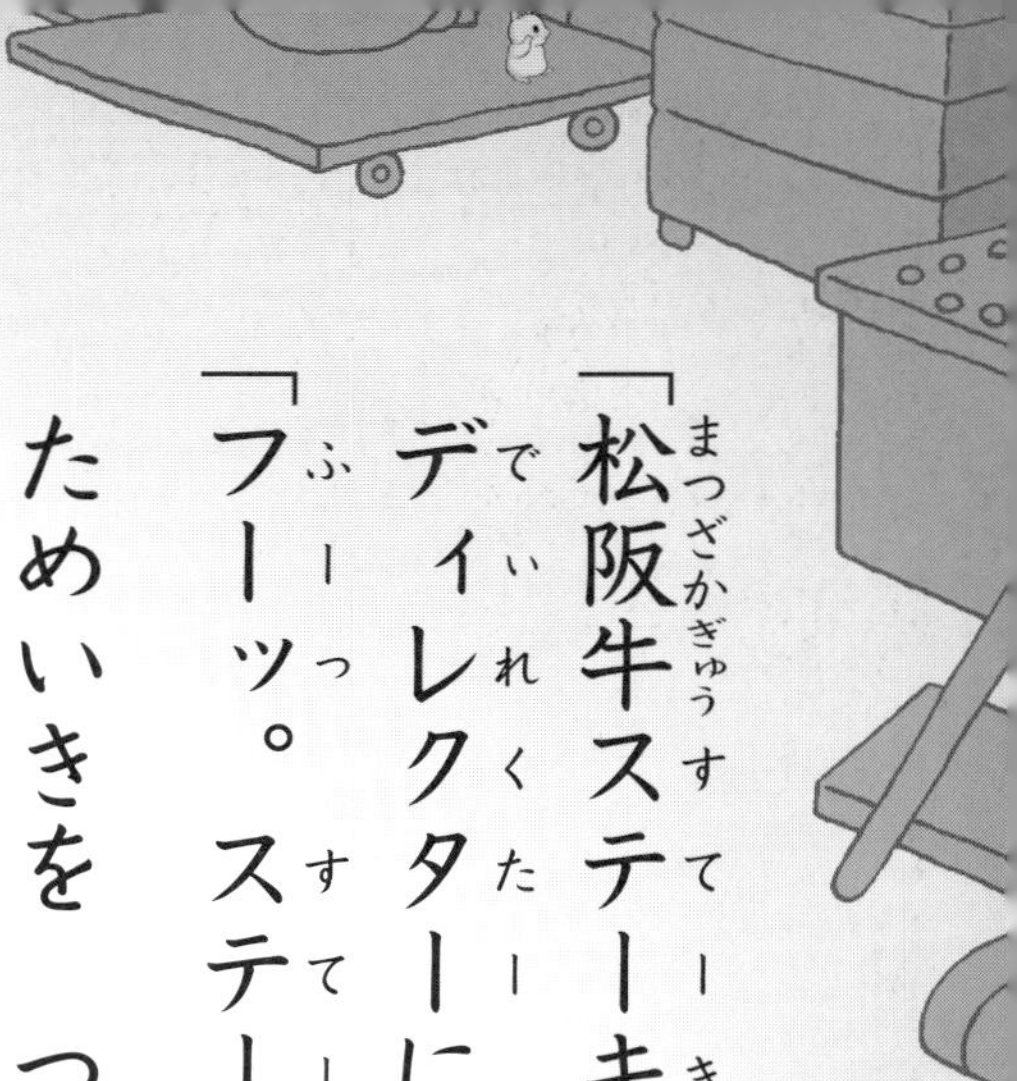

ピッチングマシーン《ぴっちんぐましーん》が
目《め》に　とまったのです。
「これだ!!」
なにかが　ひらめいた
ゾーロリ《ぞーろり》は、ディレクター《でぃれくたー》を
よび、こう　いいました。
「きみ　きみ、さらに
しちょうりつを
あげたくは　ないかね?」

「もちろんです。なにか　いい
ほうほうでも　あるんですか？」
ディレクター《でぃれくたー》は　みを
のりだしてきました。
「おなじ　ステーキ《すてーき》を　たべるにしても、
みている　おきゃくさんが
たのしめるよう、ショーアップ《しょーあっぷ》
したほうが　いいと　おもってね。
こんな　ことを　かんがえたのさ。」

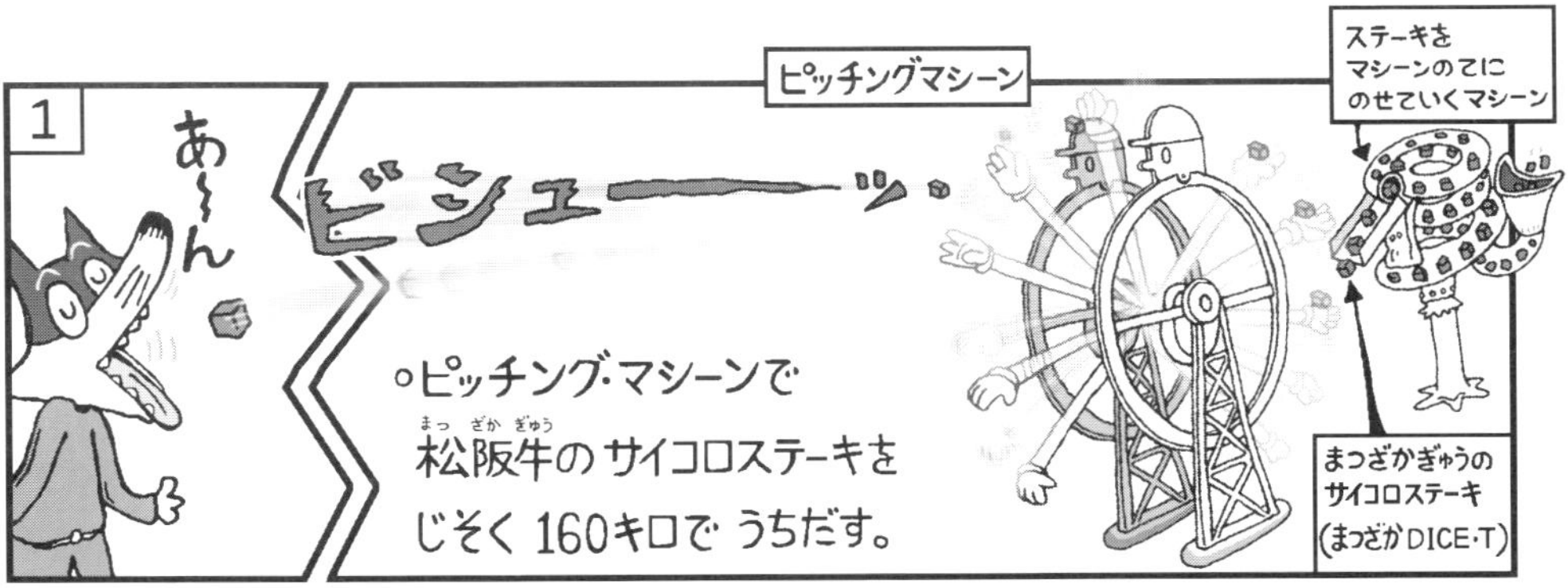
1
ピッチングマシーン
ステーキを
マシーンのてに
のせていくマシーン
あ〜ん
ビシューーーッ
・ピッチング・マシーンで
松阪牛《まつざかぎゅう》の サイコロステーキを
じそく 160キロで うちだす。
まつざかぎゅうの
サイコロステーキ
(まつざかDICE・T)

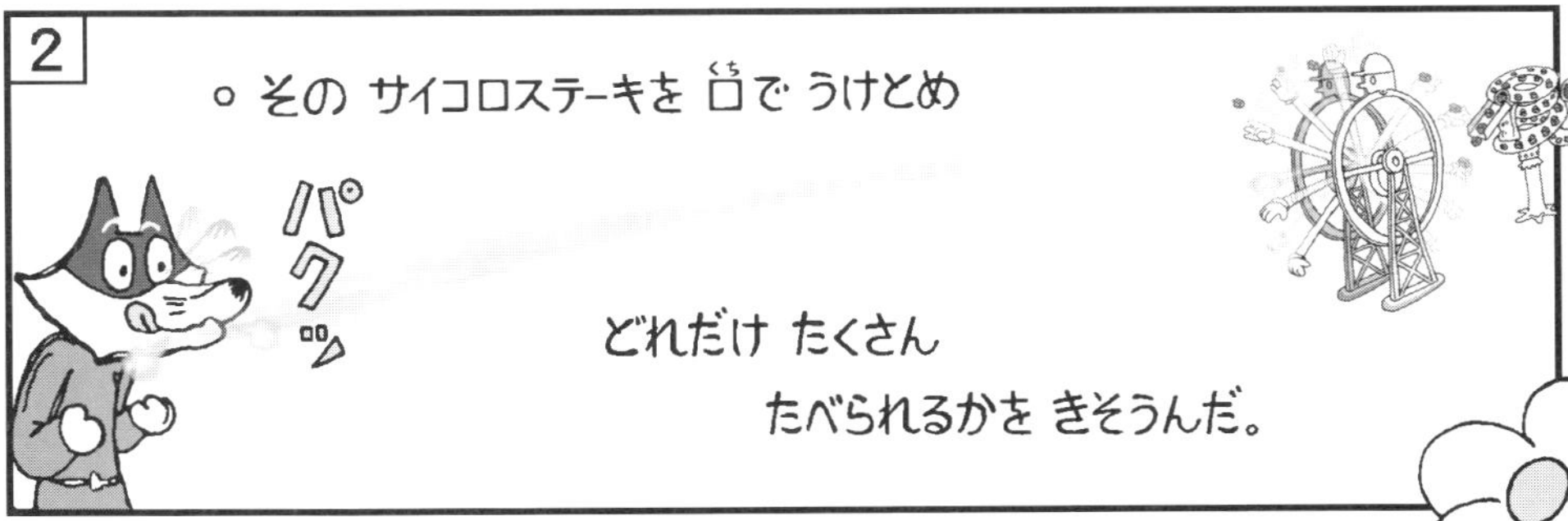
2
・その サイコロステーキを 口《くち》で うけとめ
パクッ
どれだけ たくさん
たべられるかを きそうんだ。

どうだい。いま 大《だい》にんきの
大《だい》リーグ《りーぐ》と 大《おお》ぐいの コラボ《こらぼ》だぜ。
きっと、しちょうりつ 5パーセント《ぱーせんと》は
あがるに きまってるさ。

ゾーロリ《ぞーろり》が あまりにも
じしんたっぷりに
いうので、ディレクター《でぃれくたー》は
おもわず その気《き》に
なって、すぐ じゅんびに
とりかかりました。
そこへ、

ゾーロリ《ぞーろり》せんせ、160キロ《きろ》もの スピード《すぴーど》で とんでくる サイコロステーキ《さいころすてーき》を 口《くち》で うけたら、大《おお》けが しちまうだよ。

おら、ぜったい うけとめ られないだ。

おい おい、おまえたちは むかし、ようかい 大リーガー《だいりーがー》の ボール《ぼーる》を、うちかえしたことが あるじゃないか。

あっ。

ほんとだ。

そういえば、ノシシ《のしし》が 『ようかい大リーグ《だいりーぐ》』で、ヘーブ・スルース《へーぶ・するーす》の 300キロ《きろ》もの ごうそっきゅうに、
ぶう
カキ！

とくいの おならを あびせかけ、たまの いりょくを よわめたところを みごと うちかえしたのです。
●くわしい ことを しりたい人《ひと》は かいけつゾロリ『ようかい大《だい》リーグ』を よんでください。

おまえたち　ふたりで
サイコロステーキ《さいころすてーき》に
おならを　あびせかけ、
スピード《すぴーど》の　おちた
ところを、おれさまが
パクリ《ぱくり》と
口《くち》で　うけとめるのさ。
ブオッ
ビシュッ
うっ
あっ
いっ
それにだ。あの
スピード《すぴーど》・ステーキ《すてーき》を
ほかの　チーム《ちーむ》が
まともに　うければ、
口《くち》のなかは　大《おお》けがだ。
かちのこっても、
けっしょうせんじゃ
なにも　たべられや
しないさ。ニヒニヒ《にひにひ》。
ゾーロリ《ぞーろり》せんせも　ワル《わる》だな。
もう、しょうひんは
おらたちの　ものだね。

ところがです。あいてチーム《ちーむ》も
それぞれに　とくいわざを　つかって、
つぎつぎに　サイコロステーキ《さいころすてーき》を
たべていくでは　ありませんか。

ギャルツネチーム《ぎゃるつねちーむ》

カメレオン《かめれおん》の
カメマロ《かめまろ》が、
とんでくる
ステーキ《すてーき》を
ながい　したで
つかまえて、
シロブウタ《しろぶうた》の
口《くち》へ
ほうりこんで
いきました。

アトウ・サイチーム《あとう　さいちーむ》

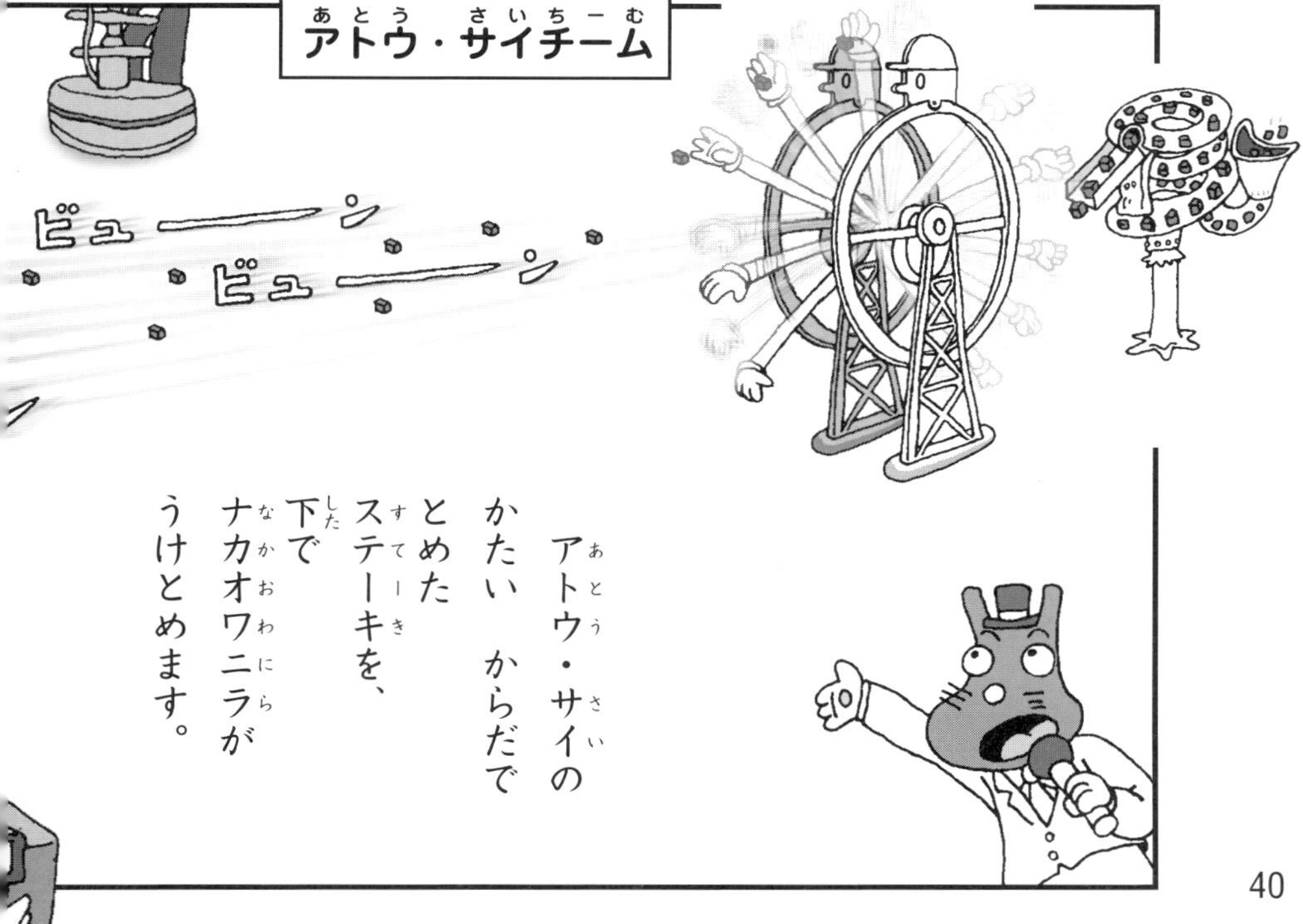

アトウ・サイ《あとう　さい》の
かたい　からだで
とめた
ステーキ《すてーき》を、
下《した》で
ナカオワニラ《なかおわにら》が
うけとめます。

さあ、じしんまんまんで　この　しあいに
のぞんだ　ゾーロリ《ぞーろり》たちは、どうでしょう？

イシーシ《いしーし》・ノシーシ《のしーし》の　きょうれつな
おならが　かかった　ステーキ《すてーき》は、
くさくて　とても
たべられた　ものでは
ありません。
ゾーロリ《ぞーろり》は　きぶんが
わるくなり、ひと口《くち》も
ステーキ《すてーき》が　たべられないまま
しっかくと　なっていたのです。

この　サイコロステーキ《さいころすてーき》は
あとで ちゃんと あらい、
ふたたび やいて
スタッフ《すたっふ》で おいしく
いただきました。

はかなく　ゆめの
きえさった　三《さん》にんは、
ガックリ《がっくり》と　かたを
おとし、がくやへと
かえって
いきました。

『大《おお》ぐいせんしゅけん』の ゾーロリチームを おうえんして くださった みなさまへの おわび

☆まだおはなしも なかばですが
ざんねんながらゾーロリこと
ゾロリチームは この じてんで
まけてしまいました。
きっとかって くれるんじゃ
ないかと きたい された
みなさまには まことに
もうしわけ
ないけっかと
なってしまい
ましたが
しあいは ときの
うんとも もうします。
わたくし原《はら》 ゆたかも
これいじょう かくことも なくなり
ましたので のこりの ページは
メモちょうにでも していただけ
ればと おもって おります。

原作者《げんさくしゃ》
原《はら》ゆたか

がくやでは、ウシヅカチーム《うしづかちーむ》の　かえりじたくが
ちょうど　おわったところでした。
「きみたちも　まけちゃったのか。
ざんねんだったね。」
ウシヅカ《うしづか》が　声《こえ》を　かけてきました。
「ああ、しょうひんは　もう　おれたちの
ものだと、しんじていたのに。」
ゾーロリ《ぞーろり》は　くやしくて　たまりません。
「けっしょうせんは、『チンジャオロース《ちんじゃおろーす》

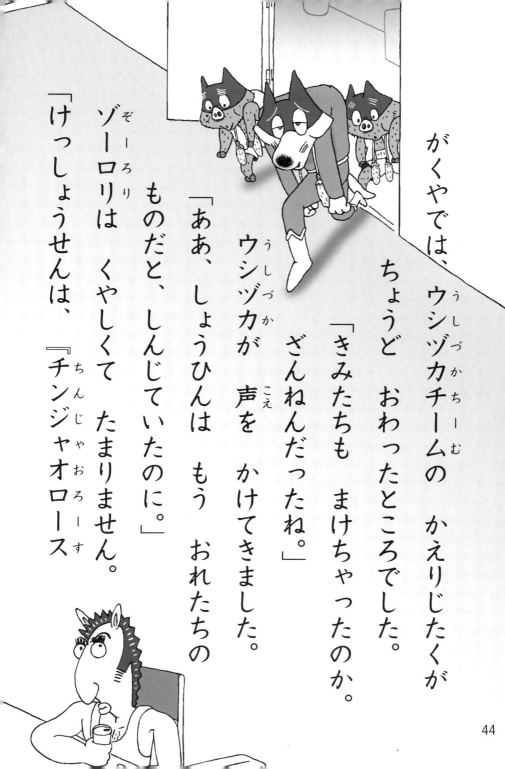

たいけつ』だって きいたけど、
どっちの チーム《ちーむ》が
かつんだろうね。」
ポポンヤスズキ《ぽぽんやすずき》が いった そのとき、

なんてこと
してくれたんだ!!

ディレクター《でぃれくたー》の どなり声《ごえ》が
きこえてきました。

わーい はやめに おわったぞ りょこうに いこう

すんませ〜ん

なんと、けっしょうせんの『チンジャオロース《ちんじゃおろーす》 たいけつ』で、アトウ《あとう》・サイチーム《さいちーむ》ぜんいんが にがてなピーマン《ぴーまん》を たべず、ビニール《びにーる》ぶくろによけて、かくしもっていたと いうのです。

この はんそくで、しあいは ちゅうし。ギャルツネチーム《ぎゃるつねちーむ》の ゆうしょうです。でも、ギャルツネ《ぎゃるつね》ちゃんは こんな かちかたでは、なっとくいきません。

チャンピオンベルト《ちゃんぴおんべると》は、もらえないわ。
おおぐいの はんらんや〜

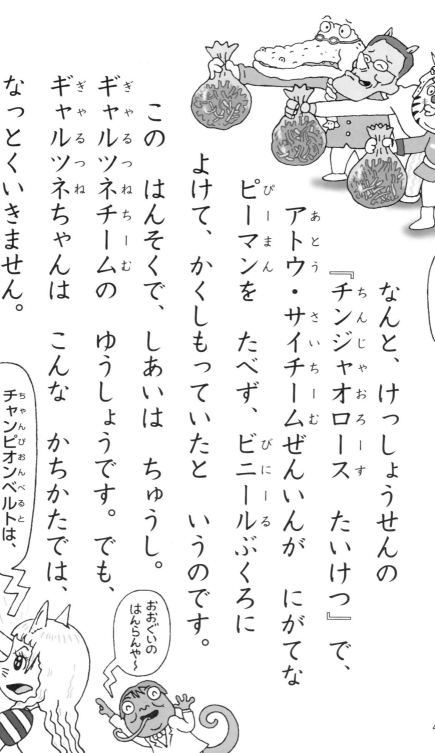

だいじな　けっしょうせんが
だいなしだ。このままじゃ、
こうぎの　でんわが　なりやまず、
ばんぐみも　うちきりだあー。トホホホ《とほほほ》。

あたまを　かかえた
ディレクター《でぃれくたー》に、ゾーロリ《ぞーろり》が　ニヤリ《にやり》と
わらって　いいました。

あきらめるのは　はやすぎるぜ。まだ　ここに、
2チーム《ちーむ》　かえらずに　のこっているんだ。
おれたちに、『はいしゃふっかつせん』を
やらせてみないかね？　それも、かくじつに
しちょうりつの　とれる、カレー《かれー》たいけつでね。

ぼくたちにも チャンスが
ちょっと ゾロリ なに いってるの？

おいつめられた　ディレクター《でぃれくたー》に
とって、それは　ゆめのような
ていあんでしたが、
「きゅうすぎて、そんな　たいりょうの
カレー《かれー》を、すぐには　よういできません。」
なさけない　声《こえ》を　だしました。ゾーロリ《ぞーろり》は、
「しんぱい　いらないぜ。この　しょうぶは、
カレー《かれー》を　つくるところから　はじめるん
だからな。ほら、ルール《るーる》は　かんたんさ。」

ゾーロリの かんがえた
はいしゃふっかつカレーたいけつ
きかくしょ
1
●まず それぞれの チーム《ちーむ》で
たいりょうの カレー《かれー》を
つくります。
2
●できあがった カレー《かれー》を
こうかんします。
3
●あいての カレー《かれー》を、より おおく
たべられた チーム《ちーむ》の かちです。
●はんそくルール《るーる》は、ひとつだけ。
たべられないものを いれては いけない。

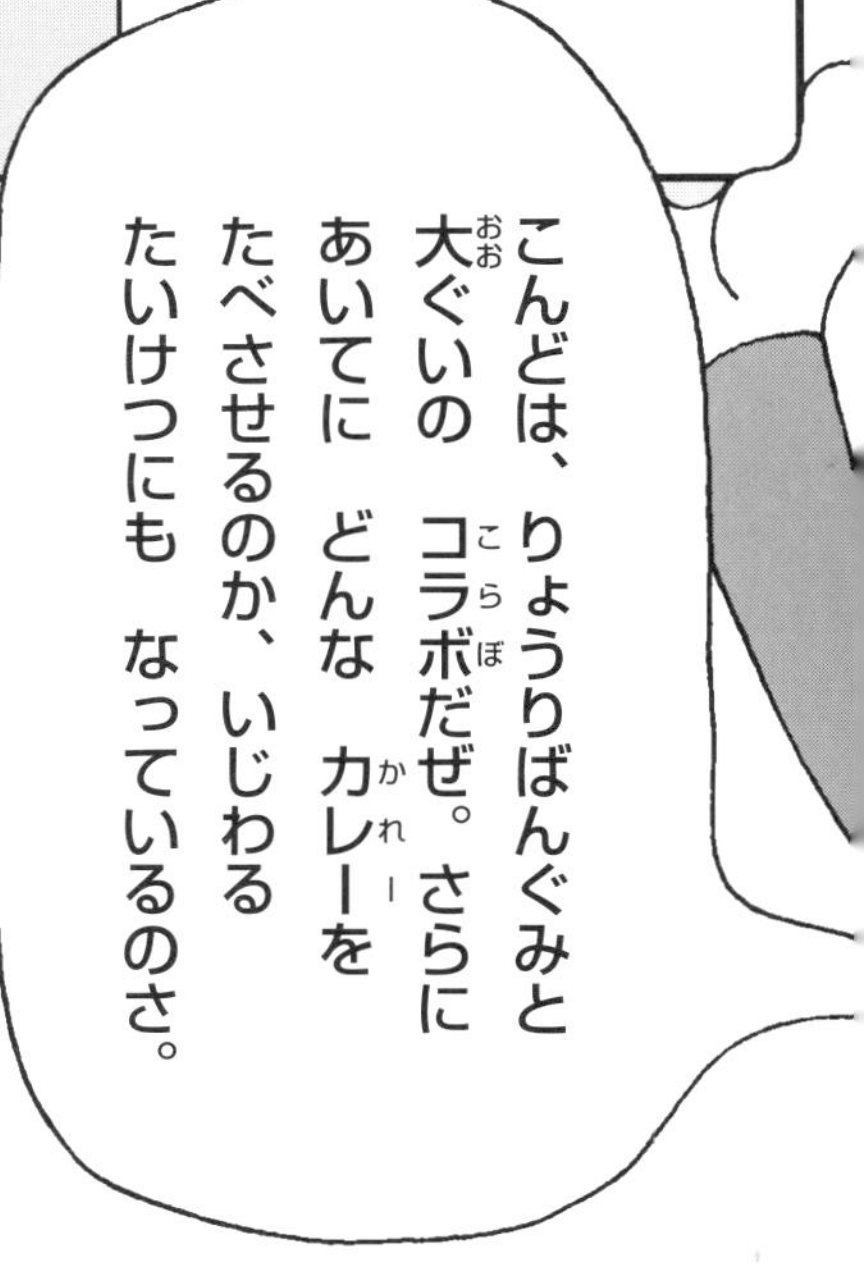
こんどは、りょうりばんぐみと
大《おお》ぐいの コラボ《こらぼ》だぜ。さらに
あいてに どんな カレー《かれー》を
たべさせるのか、いじわる
たいけつにも なっているのさ。

「すばらしい!!」
ディレクター《でぃれくたー》は、
すぐに カレー《かれー》の
ざいりょうを
よういしました。

さあ、いよいよ　ゾーロリチーム《ぞーろりちーむ》たい
ウシヅカチーム《うしづかちーむ》の　はいしゃふっかつせんが
はじまりました。

まずは　カレー《かれー》づくりからです。
ただひとつの　ルール《るーる》は、『たべられない
ものを　いれては　いけない』。
それさえ　まもれば、どんな
カレー《かれー》を　つくろうと
じゆうなのです。
もちろん、あいてが

たべる　カレー《かれー》です。
おたがい、おいしい　カレー《かれー》を
つくる　気《き》など、これっぽっちも
ありません。

どちらの　チーム《ちーむ》も
よういされた　ざいりょうを
てきとうに　いれこんで、
カレー《かれー》を　つくって　いきます。

さらに、カレー《かれー》と　いえば……

ニヒニヒ《にひにひ》。
おれさまには
ひみつの　レシピ《れしぴ》が
あるのさ。

からさが　しょうぶです。
ありったけの　からくなる
こうしんりょうを、ようしゃなく
なべへ　ドカドカ《どかどか》　ぶちこんで
いきました。
イシーシ《いしーし》が　ペロリ《ぺろり》と
あじみを　してみると、
口《くち》から　火《ひ》を　ふいて
とびあがりました。

ゴゴゴゴゴゴゴゴゴゴゴ

おいしいとか　まずいとかを　はるかに
こえた、ただ　ただ　からいだけの
カレー《かれー》が　できあがったようです。

レッドカレーペースト
レッドマスタード
バーズアイチリ
ロンボク
ハバネロチリ
あかとうがらし
グリーンペッパー
わさび
ハラペーニョ
げきから あお とうがらし
チュバブ
クミン
クローブ
とうばんじゃん
からし
くろこしょう
カルダモン
ハリッサ
しょうが
タイたまねぎ
グリーンチリ
七味《しちみ》とうがらし

さあ、2チーム《ちーむ》の
じゅんびは　ととのったようです。

☆ウシヅカチーム《うしづかちーむ》の　カレー《かれー》だって、こちらの
からさに　まけているはずは　ありません。
そこで、からい　カレー《かれー》を　たべるための
じゅんびも、ちゃんと　かんがえました。

① からさに たえる じゅんび

からさは　あじでは　なくて、しげきなのだ!!
あまりにも　からいと、したは　いたくなってしまうのだ。
そこで　こんな　キャップ《きゃっぷ》を　つくったぜ。

コンニャク
コンブ
コンニャクを したの かたちに くりぬいて したに そうちゃく
コンブのひもを ひくと キューッと しまって からさの しげきから まもれるのだ
キュッ

からさを　かんじなければ、カレー《かれー》は
いくらでも　たべられるはずさ。

② 胃《い》を まもるための じゅんび

ゴクゴクゴク

もえるような　カレー《かれー》で
胃《い》が　やけつかないよう、
つめたい　こおり水《みず》で
みたしておけば、
しょうかしてくれるで
しょう。

消化《しょうか》と
消火《しょうか》を
かけてるのか。
うまい!!

おたがいの　カレー《かれー》なべを　こうかん
して、しあいが　はじまりました。
すると、ウシヅカチーム《うしづかちーむ》は　その　おそろしい
からさを　ものともせず、おいしそうに
カレー《かれー》を　たべはじめたでは　ありませんか。
と　いうのも、ウシヅカチーム《うしづかちーむ》の
三《さん》にんは、からいものが　大《だい》すき。
とくに、ウマッスル《うまっする》は　からさ200ばいの
げきからラーメン《らーめん》を　たべて、げきから

チャンピオン《ちゃんぴおん》に　なったことも　あるのです。

これでは、たたかいに　カレー《かれー》を　えらんだ　じてんで、しょうぶは　きまっていたようなもの。

ウシヅカチーム《うしづかちーむ》が　10さら目《め》の　カレー《かれー》を　あっさり　たべきったころ、ゾーロリチーム《ぞーろりちーむ》は　あきらめたのか、まだ　5はい目《め》の　カレー《かれー》です。

と　そのとき、

ポポン
パポン
パパン
ポパン
ウシヅカ《うしづか》チーム《ちーむ》三《さん》にんのおなかで、なにかのはじける音《おと》がきこえると、

みるみる　おなかがふくれはじめたのです。
とたんに、

三《さん》にんのしょくよくは、
……
……
……
ガクッ《がくっ》とおちて、

も、もうたべられなーい。
ウプッ
おなか、はれつしそうだあ。
ウシヅカ《うしづか》チーム《ちーむ》は、ギブアップ《ぎぶあっぷ》してしまいました。

ウシヅカチームに なにがおこったのか!!

☆さあ、ゾーロリチーム《ぞーろりちーむ》が　どうして かったのか　わけが　わからず、気《き》もちの　わるい　おもいを　している どくしゃの　みなさん。
ここで　ゾーロリ《ぞーろり》から、その　ひみつを おしえてもらいましょう。

そのあとに、ゾーロリチーム《ぞーろりちーむ》は　ウシヅカチーム《うしづかちーむ》の
きろくを　ぬく　11ぱい目《め》の　カレー《かれー》を　たべおわり、
けっしょうせんの　きっぷを　手《て》にいれたのです。

なーに　かんたんなことだ。おれさま、できあがった カレー《かれー》に、あの　ひろった ひからびた　とうもろこしの つぶを　ぜーんぶ いれておいたのさ。
あの　カレー《かれー》は、イシーシ《いしーし》が 火《ひ》を　ふくほどの　カレー《かれー》だぜ。

カレー《かれー》と ともに、 たべられた ひからびた とうもろこしは、
その からさの おそろしい ねつで はじけ、 ポップコーン《ぽっぷこーん》に なったんだ。
なんばいにも ふくれた ポップコーン《ぽっぷこーん》が ウシヅカチーム《うしづかちーむ》の おなかを、あっと いうまに いっぱいに したと いうわけさ。 たべられる ものを いれた だけだから、こいつは はんそくじゃないぜ。
うぷっ
と ここで、ばんぐみの しゅうりょうじかんが きて しまいました。おちゃのまの みなさんとは、ざんねんながら おわかれです。それでは さようならー。
えっ。けっしょう せんは どうするだよ?

ごしんぱいなく!!　ゾーロリ《ぞーろり》さん、しちょうりつが　あがったので、スポンサー《すぽんさー》が　ぜひ、この　けっしょうせんを　らいしゅう　3じかんの　とくばんに　したいと　いってきたんです。
ほう。それは　よかった。
わたしたちも、おなじ　じょうけんで　せいせいどうどうと　たたかいたかったの。よかったわ。

じつは、ゾーロリ《ぞーろり》たちは　おなかが　いっぱいで、もう　げんかいだったのです。これで　らいしゅうまでに　おなかを　すかしておけば、ゆうしょうも　ゆめでは　ありません。

で！

なにか、３じかんの　とくばんに　ふさわしい『大《おお》ぐいたいけつ』は　ないものでしょうか？

もう、ディレクター《でぃれくたー》は　ゾーロリ《ぞーろり》に　たよりきりです。

そうだな。ラーメン《らーめん》は　しちょうりつが　とれると　きいたぜ。北《きた》から　南《みなみ》まで、ぜんこくの　ごとうちラーメン《らーめん》を、つぎつぎと　たべつくしていく　大《おお》ぐいグルメマラソン《ぐるめまらそん》なんて、どうだい。

口《くち》から　でまかせを　いってみると——

マラソン《まらそん》ですって!!

「おーっ。それなら　いっそ　ラーメン《らーめん》を　42・195キロ《きろ》
たべつくす　たたかいなんて、どうでしょう。」
ディレクター《でぃれくたー》が　こうふんして　いうと、
「大《おお》ぐいせんしゅけんだからな。
ま、それぐらいの　りょうは
たべることに　なるのかなあ。」
ゾーロリ《ぞーろり》が　ギャルツネ《ぎゃるつね》ちゃんを　みると、
「ラーメン《らーめん》ね。いいわ、のぞむところよ。」
ウインク《ういんく》してくれました。

「よし、きまった。マラソン《まらそん》なら　3じかんの
とくばんでも、じゅうぶん　もりあがるし、
しちょうりつも　とれるぞ。これは　大《おお》ぐい
せんしゅけんの　かくめいだ。ゾーロリ《ぞーろり》さん、
なんども　すごい　アイディア《あいでぃあ》を
ありがとう。1しゅうかんご、バッチリ《ばっちり》
じゅんびして、おまちしています。」
ディレクター《でぃれくたー》は　ひとりで
もりあがり、いってしまいました。

そして、
1しゅうかんご……。

いよいよ『大《おお》ぐいラーメン《らーめん》マラソン《まらそん》たいけつ』のとう日《じつ》です。
この　1しゅうかん、テレビ《てれび》で　ガンガン《がんがん》せんでんしてきた　おかげで、かいじょうには　おおぜいの　かんきゃくが、つめかけています。

大《お》ぐいラーメン
たいけつ
どんなしあいなの
これから　はっぴょうさ

こんかいは　かいじょうが　そとなんだね
てんきが　よくて　よかっただ
すごい　もりあがり。まるで　日《にち》よう日《び》の　たけしたどおり　みたいやー。
おれさま、バッチリ《ばっちり》　おなか　すかしてきたから、まけないぜ。しかし、きょうの　ギャルツネ《ぎゃるつね》ちゃん、いちだんと　きれいだぜ。
とうぜんよ。けっしょうせん　ですもの。ふくも　メイク《めいく》も　バッチリ《ばっちり》よ。
それに、いままで　たたかってきた　大《おお》ぐいせんしゅけんの　メンバー《めんばー》も、しんぱいして　みに　きてくれたのよ。
ラーメンようの　コショウまで　もってきて　やるき　まんまんだ。

ゾーロリ《ぞーろり》の　いいかげんな
おもいつきを　ヒント《ひんと》に、
ディレクター《でぃれくたー》は　いったい
どんな　たいけつを
じゅんびしたと
いうのでしょう？

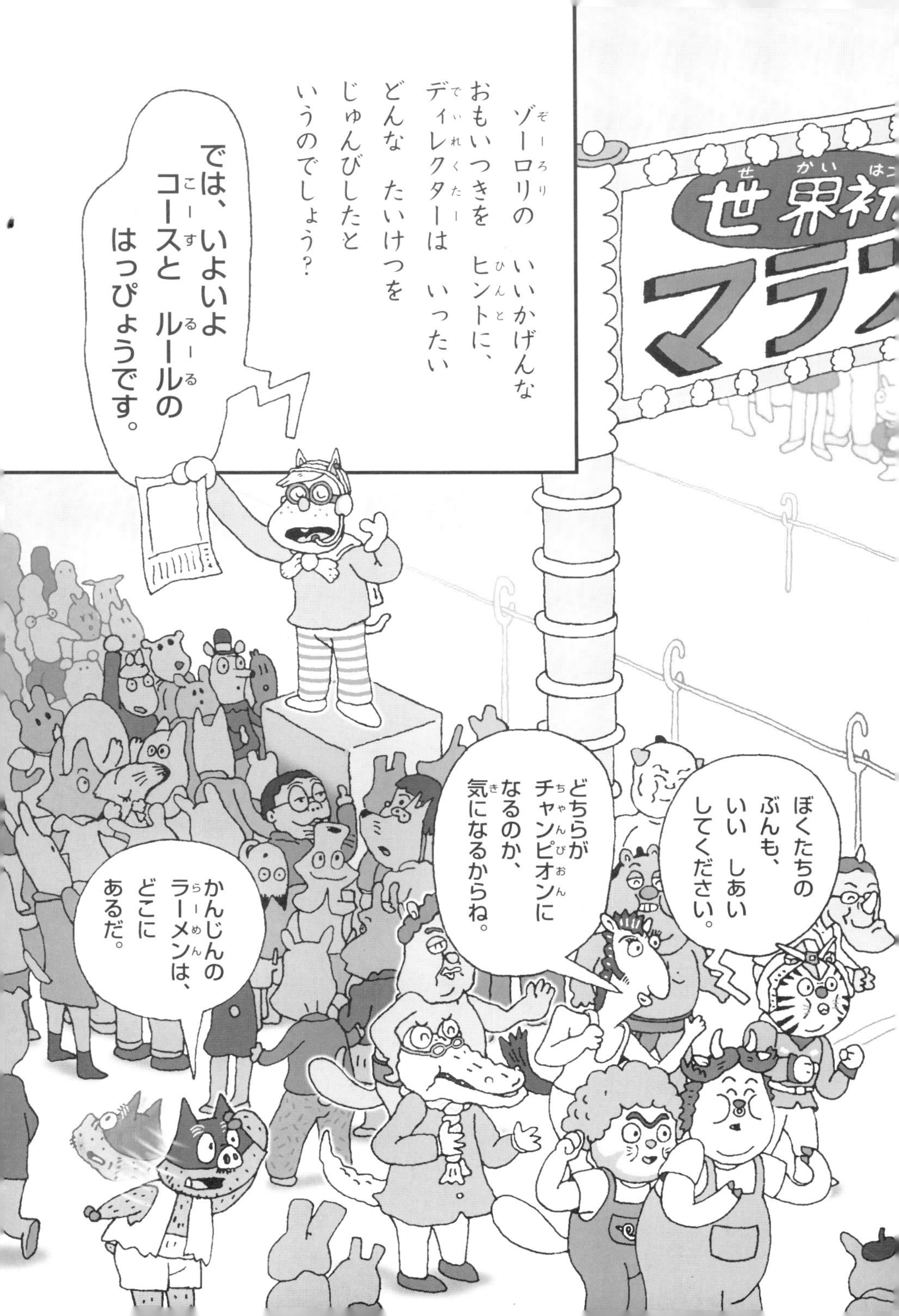
では、いよいよ　コース《こーす》と　ルール《るーる》の　はっぴょうです。
ぼくたちの　ぶんも、いい　しあい　してください。
どちらが　チャンピオン《ちゃんぴおん》に　なるのか、気《き》に　なるからね。
かんじんの　ラーメン《らーめん》は、どこに　あるだ。

コース
しょうゆ
あじ
●ぜんこくゆうめい
ラーメンてんの
「スープ」と「ぐ」が
おいてあります。
●コースには
2ほんの めんが
ゴールまで ピンと
はられています。
スタート
ゲゲッ《げげっ》。おれさま
42・195キログラム《きろぐらむ》の
ラーメン《らーめん》を たべるって
つもりで いったのに、
42・195キロメートル《きろめーとる》を
たべつくす、ほんとの
マラソンレース《まらそんれーす》に
なっちまってるぜ。

これが 大《おお》ぐいラーメンマラソン《らーめんまらそん》たいけつの ルール《るーる》と コース《こーす》だ!!

ルール

●三《さん》にんで ちからをあわせ 42.195キロメートル《きろめーとる》の ながさの めんを たべつくし、さきに ゴールテープ《ごーるてーぷ》を きった チーム《ちーむ》が ゆうしょうです。

●とちゅう、きゅうすいじょには 水《みず》の かわりに スープ《すーぷ》や ぐが おいてあるので、これも すべて たべつくしてください。

☆めんは このような フックに よって 2メートルおきに ささえられ ゴールまで はってあります。せんしゅが ちかづくと センサーで よこに たおれていくので せんしゅの はしる じゃまには ならないのです。

フック
めん
センサー
チュル チュル
チュル チュル
ピッ
カチッ
パタ

●ゴール《ごーる》は、三《さん》にん そろっていなければ なりません。ひとりだけ はやく ゴール《ごーる》 しても、三《さん》にん そろうまでは、ゴール《ごーる》とは いえません。
また、ひとりでも リタイア《りたいあ》した チーム《ちーむ》は、まけです。あくまで 三《さん》にんの チームワーク《ちーむわーく》で きょうぎしてください。

●ラーメン《らーめん》の めんは 手《て》に もっても かまいませんが、じめんに おとしたら しっかくです。(テレビ《てれび》なので、おちたものを たべると こうぎの でんわが かかってくるので。)

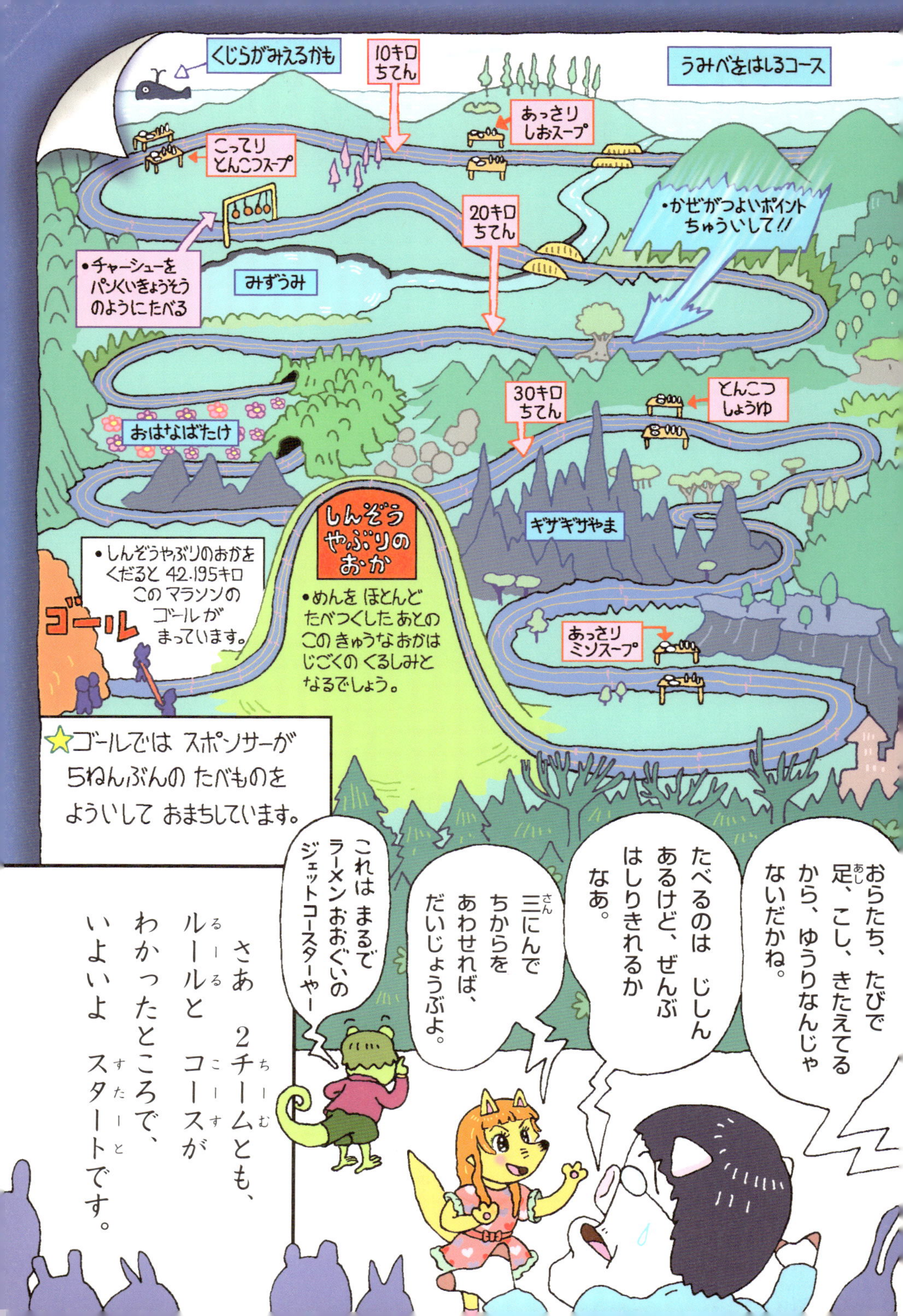
くじらがみえるかも
10キロちてん
うみべをはしるコース
あっさりしおスープ
こってりとんこつスープ
20キロちてん
•かぜがつよいポイントちゅういして!!
•チャーシューをパンくいきょうそうのようにたべる
みずうみ
30キロちてん
とんこつしょうゆ
おはなばたけ
しんぞうやぶりのおか
ギザギザやま
•しんぞうやぶりのおかをくだると 42.195キロ このマラソンのゴールがまっています。
ゴール
•めんを ほとんど たべつくしたあとの このきゅうなおかは じごくの くるしみと なるでしょう。
あっさりミソスープ
☆ゴールでは スポンサーが 5ねんぶんの たべものを よういして おまちしています。
おらたち、たびで足《あし》、こし、きたえてるから、ゆうりなんじゃないだかね。

たべるのは じしんあるけど、ぜんぶはしりきれるかなあ。

三《さん》にんでちからをあわせれば、だいじょうぶよ。

これはまるでラーメンおおぐいのジェットコースターやー
さあ 2チーム《ちーむ》とも、ルール《るーる》と コース《こーす》がわかったところで、いよいよ スタート《すたーと》です。

よーい ドン
☆2チーム《ちーむ》とも
きれいな　スタート《すたーと》を
きりました。
まず、めんを
たべるのは、リーダー《りーだー》の
ゾーロリ《ぞーろり》と
ギャルツネ《ぎゃるつね》ちゃん
です。
☆はしりながら　めんを
すすりつづけるには、
たいりょくとともに
はいかつりょうも
ひつようです。
さらに、めんが きれて
じめんに　つかないよう、
さいしんの　ちゅういも
はらわなければ
なりません。
☆めんばかりでは
あきてくるので、
きゅうすいじょの
スープ《すーぷ》を
ながしこみます。
ゴク
パク
パク
パク
☆どちらの
チーム《ちーむ》も　こうして
1キロ《きろ》　ごとに、
こうたいして
たべていましたが……。

☆ゆっくり
ラーメン《らーめん》を
あじわっていては
しょうぶに
かてないと、
ギャルツネチーム《ぎゃるつねちーむ》は
めんと　ぐと
スープ《すーぷ》の
うけもちを　きめて、
スピード《すぴーど》を　あげる
さくせんに
へんこう
したのです。

☆ゾーロリチーム《ぞーろりちーむ》も
まけては　いられません。
まねを　して　あとを
おいかけます。

☆こうして、
ぬきつ　ぬかれつ
ほとんど　さが
つかぬまま、
18キロ《きろ》ちてんに
さしかかったとき、
じけんは
おこりました。

とつぜん ふいてきた つよい かぜで、
めんが 2チーム《ちーむ》とも プッツリ《ぷっつり》
きれてしまったのです。
ビューーッ
プチッ
プチッ
とんこつ
パシッ
ギャルツネ《ぎゃるつね》チーム《ちーむ》の カメマロ《かめまろ》は、とっさに ながい したで めんを キャッチ《きゃっち》しました。
うまい!!
ゲッ《げっ》。
ところが ゾーロリチーム《ぞーろりちーむ》は、めんを うまく つかめず、

かぜに まいあがった めんは、ちかくの 木《き》の えだに からみついて しまいました。
ゾーロリ《ぞーろり》たちは、いそいで その 木《き》に のぼり、
めんを ほどきに かかります。でも、うまく ほどけたころには、
ギャルツネチーム《ぎゃるつねちーむ》の すがたは、すっかり みえなくなって いたのです。

「はやく　おりて
おいかけなきゃ。」
三《さん》にんは　あせる
あまり、めんから
手《て》を　はなして
しまいました。

めんは、むじょうにも
じめんへ　おちていきます。
「おら、下《した》で　まってれば
よかっただ。」
ノシーシ《のしーし》が　いまさら
はんせいしても、おそすぎます。
この　めんが　じめんに
ついたとき、しあいの
けっかが　きまるのです。

ところが　どっこい!!
ここで、ゾーロリ《ぞーろり》たちの
つよい　チームワーク《ちーむわーく》が
はっきされるのです。
まるで、サーカス《さーかす》の
空中《くうちゅう》ブランコ《ぶらんこ》のように、
それぞれの　足《あし》を　つかんで
めんに　むかって
ダイビ——ング《だいびーんぐ》!!

せんとうの
イシーシ《いしーし》が
うでを ちぎれるほど
のばして、めんを
キャーッチ《きゃーっち》!!
できなかったのです。

しかし、イシーシ《いしーし》は　とっさに
はなの　あなで
めんを
すいあげました。
「でかした、イシーシ《いしーし》!!
そのまま　はなで
めんを　すすりながら、
ギャルツネチーム《ぎゃるつねちーむ》を
おいかけるんだあ～!!」

「おれたちは　スープ《すーぷ》と
ぐを　たいらげたら、すぐに
おいついてみせるぜ。」
ゾーロリ《ぞーろり》に　いわれて
イシーシ《いしーし》は　じめんへ
おりたつと、みごとな
はなの　きゅういんりょくで
めんを　ぐいぐい　すいこみながら、
ぜんそくりょくで　かけだしました。

しかし、
いくら
イシーシ《いしいし》が
はしっても、

はしっても、

ギャルツネチーム《ぎゃるつねちーむ》の
せなかは
みえてきません。

ゾーロリ《ぞーろり》と　ノシーシ《のしーし》が　イシーシ《いしーし》に
おいついて、三《さん》にん　そろったのは、
「しんぞうやぶりの　おか」の
ふもとでした。
でも、もう　ここは　マラソンコース《まらそんこーす》
さいごの　なんかん。
ここで　ギャルツネチーム《ぎゃるつねちーむ》の
すがたが　みえないと
いうことは、もう　ゴール《ごーる》
してしまったのかも
しれません。
三《さん》にんが　ためいきを
ついて、おかを　みあげると……

いました。みえます。
ギャルツネチーム《ぎゃるつねちーむ》です。
シロブウタ《しろぶうた》の　おもい　からだを
のこりの　ふたりが　おして、
やっとのことで　おかの
てっぺんへ
たどりつこうと　いう　ところでした。

「よし！　かてる!!」
ゾーロリ《ぞーろり》が　イシーシ《いしーし》、ノシーシ《のしーし》を
みると、ふたりは　ちからづよく
うなずき、ゾーロリ《ぞーろり》の
からだを　はさむように
しがみつきました。
「いくぜ!!」
ゾーロリ《ぞーろり》の
かけ声《ごえ》とともに、

ブバーン《ぶばーん》　ブビーン《ぶびーん》
イシーシ《いしーし》　ノシーシ《のしーし》の　おならジェット《じぇっと》で、
しんぞうやぶりの　おかを　ひとっとび!!

あっ。ずるいわ。
あんなこと　して
いいの。
じゃ、わたしたち
だって。

おさきー。
こんどは おらたちの おなら、やくに たっただね。
チュル チュル チュル
ギャルツネ《ぎゃるつね》ちゃんは、そのばで シロブウタ《しろぶうた》に ゴール《ごーる》までの めんを すべて すいこませました。
これで ぜんぶ たべおわったわ。あとは ゴール《ごーる》 するだけよ。
チュポン
まるで そうじきの コードみたいや～

ギャルツネ《ぎゃるつね》ちゃんは　シロブウタ《しろぶうた》を、
ゴール《ごーる》を　せにして
たたせると、カメマロ《かめまろ》と
ともに　つかまりました。
「さあ、わたしたちも　いくわよ。」
ギャルツネ《ぎゃるつね》ちゃんは　もってきた
ラーメン《らーめん》ようの　コショウ《こしょう》を、
シロブウタ《しろぶうた》の　はなへ
おもいきり　ふりかけたのです。

すると、

ぶあくしょーん

ごうかいな
くしゃみで、
シロブウタ《しろぶうた》の
からだは、　だんがんのように
ゴール《ごーる》へ　むかって　まっしぐら。

ゾーロリ《ぞーろり》が
さいごの
めんを
すいこんで、
じまんの　たかい
はなさきで
ゴールテープ《ごーるてーぷ》を
きろうとした
そのときです。

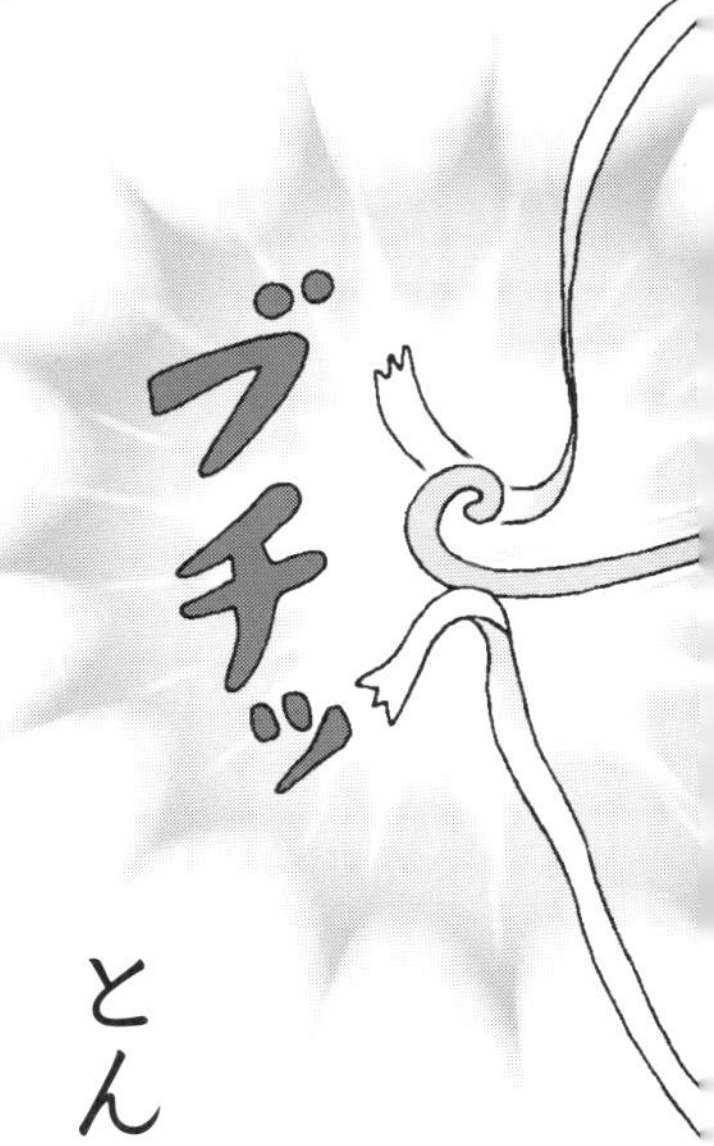

シロブウタ《しろぶうた》が
とんできて、せなかに
しがみついていた
カメマロ《かめまろ》が　ながい　したを　のばすと、
テープ《てーぷ》を　きってしまったのです。
ゾーロリ《ぞーろり》たちの　ぎゃくてんは、ならず。
あぜんと　する　ゾーロリ《ぞーろり》たちのもとへ、
ディレクター《でぃれくたー》が　かけよってきて　いいました。

「おめでとう。ゾーロリ《ぞーろり》チーム《ちーむ》の　ゆうしょうです!!」
「えっ、な、なんで?」
すっかり　まけたつもりだった　ゾーロリ《ぞーろり》は、
キツネ《きつね》に　つままれたような　かおです。(キツネ《きつね》なのに。)
「ほら　ごらんなさい。」
ディレクター《でぃれくたー》の
ゆびさした　テレビ《てれび》の
がめんには、くしゃみで
はなと　口《くち》から

めんの　とびだした
シロブウタ《しろぶうた》の
えいぞうが、うつし
だされていました。
「これでは、めんを　すべて
たべつくしたとは　みとめられません。」
ディレクター《でぃれくたー》が　せんげんすると、
どこかで　ききおぼえの
ある　声《こえ》が　してきました。

いやー、おめでとう。

ブルル《ぶるる》せいかの　しゃちょう
ブルル《ぶるる》と、その　しゃいん　コブル《こぶる》です。
「えっ、この　ばんぐみの　スポンサー《すぽんさー》って……。」
ゾーロリ《ぞーろり》が　ふあんな　かおを　すると、
「そのとおり　このとおり。」
ブルル《ぶるる》が　むねを　はりました。
「じゃ　この　しょうひん、
ろくなもんじゃ　ないな。」
ゾーロリ《ぞーろり》は　がっかりです。

ゾロリは　いぜん
ブルル しゃちょうに
なんどか　いやなめに
あわされて　いるのです。
くわしく　しりたい
人《ひと》は、かいけつゾロリの
『チョコレートじょう』や
『カーレース』を　よんで
みてください。

「なーにを　おっしゃる　キツネ《きつね》さん。ぜんこくほうそうの
テレビ《てれび》で、そんな　おかしなこと
したら、ぎゃくこうかじゃよ。
ほーら、わがしゃ　じまんの
おいしい　しょくひん、たっぷり
5年分《ねんぶん》、ここに　ちゃんと
よういいたしましたよ。」
ブルル《ぶるる》が　ひもを　ひくと、
うしろの　まくが　おちて、

たくさんの　しょうひんの
山《やま》が　あらわれました。
すると、ブルル《ぶるる》と
コブル《こぶる》は　はりきって……

ブルル《ぶるる》しょくひん　おかしシリーズ《しりーず》
ブルル チョコ
ブルルチョコ《ぶるるちょこ》 692まい
ブルル《ぶるる》アイス《あいす》 17800こ
ごぞんじ ブルルチョコを はじめ あまくて おいしい おかしが ブルーっと せいぞろい
ブルル《ぶるる》チップス《ちっぷす》 1300ふくろ
ブルル《ぶるる》チョコボール《ちょこぼーる》 300はこ
ブルルキャラメル《ぶるるきゃらめる》 2000はこ
ブルルグミ《ぶるるぐみ》 700ふくろ

うおっ
ブルル《ぶるる》おにぎり うめ・しゃけ・いくら おかか・たらこ それぞれ 200こ
わしの かいしゃの ものは すべて おいしいんじゃ
ブルルソーセージ《ぶるるそーせーじ》 990本《ぼん》
ブルル《ぶるる》えびフライ《ふらい》 2700本《ぼん》
アメリ《あめり》カン《かん》ドッグ《どっぐ》 370本《ぼん》
ブルル《ぶるる》たまごやき 1280きれ
この「大《おお》ぐいラーメン《らーめん》マラソン《まらそん》たいけつ」は「ブルル《ぶるる》せいか」あらため、せかいに　はばたく「ブルル《ぶるる》しょくひん」の ていきょうで　おおくり したんじゃよ。
そうです。そして、この　ごうかな しょうひんを よういしたのも、ブルル《ぶるる》、ブルル《ぶるる》、ブルル《ぶるる》しょくひん。ふとっぱらな スポンサー《すぽんさー》は いつでも　ブルル《ぶるる》、ブルル《ぶるる》しょくひん。
びじゅつかん いくなら ブルルーブル にせもの びじゅつかん
にせものの「え」ばかり　あつめました

と、うんざり するほどの
コマーシャル《こまーしゃる》を やりきると、

「はい、これ　ぜーんぶ、きみたちの
ものです。ひとつ　のこらず、
おもちかえりください。」
ブルル《ぶるる》が　チャンピオンベルト《ちゃんぴおんべると》と
しょうひんの　もくろくを、
ゾーロリ《ぞーろり》たちに　手《て》わたします。
ゾーロリチーム《ぞーろりちーむ》が
チャンピオンベルト《ちゃんぴおんべると》を　つけると、
大《おお》きな　はくしゅが

なりひびき、ぶじに　ばんぐみは
すべて　しゅうりょうしました。
ブルル《ぶるる》は、テレビカメラ《てれびかめら》が
いなくなるのを　かくにんすると、
ゾーロリ《ぞーろり》の　そばへ　やってきて、いいました。
「ひゃっ　ひゃっ。ごくろう　ごくろう。おかげで
わがしゃの　せんでんも　じゅうぶん　できたし、
イメージアップ《いめーじあっぷ》も　させてもらったよ。
ところで、きみに　いうのを　わすれたが……。」

いやー、手《て》ごたえ
じゅうぶん、はやく
テレビ《てれび》きょくに　かえって
しちょうりつ　みなくちゃ。
パチ

このしょくひんは、すべて　しょうひきげんが
きょうまでなので、かならず、きょうじゅうに
たべてくれたまえよ。なんせ、わがしゃの
しょくひんは、たべられる　ギリギリ《ぎりぎり》のところを
しょうひきげんに　きめておるのでね。
あした　たべて、おなかを　こわしても
せきにんは、とれんよ。

ゾーロリ《ぞーろり》たちは　もう　口《くち》から
ラーメン《らーめん》が　とびだしそうな
くらい、おなか　いっぱいです。
その上《うえ》、この　5年分《ねんぶん》の
たべものを　いまから　たべつくす

なんて、ばつゲーム《げーむ》どころか
ごうもんのようなものです。
「これは サギ《さぎ》だ。うったえてやる!!」
ゾーロリ《ぞーろり》が 声《こえ》を あらげると、

人《ひと》ぎきの わるいこと、いわんでほしいもんじゃな。
わしは、ちゃんと たべられるものを、5年分《ねんぶん》
よういしたんじゃ。やましい ことなど、ひとつも
しとらんぞ。

ブルル《ぶるる》は きゅうに 声《こえ》を ひそめ、

それに、

「けいさつが
きて
こまるのは、
きみたちのほうじゃ
ないのかね、ゾロリ《ぞろり》くん。」
なんと、ブルル《ぶるる》には　しょうたいを
みやぶられていたのです。
かえす　ことばを　うしなった
ゾロリ《ぞろり》は　おこって、
「こんなもの　いるもんか!!」
しょうひんの　もくろくを、
ブルル《ぶるる》に　なげかえしました。

ざんねんながら、へんぴんも　おことわり。
それは　わしらにとっても、うることも
できないし、しょぶんするにも
お金《かね》の　かかる　やっかいもんなんじゃよ。
しょうひんは、すべて　ゾロリ《ぞろり》くんたちの　もの。
あー、せいせいしたわい。ガハハハ《がははは》……。

ブルル《ぶるる》は、コブル《こぶる》とともに　ヘリコプター《へりこぷたー》に
のりこむと、さっさと　かえってしまいました。
のこされた　ゾロリ《ぞろり》たちは、たべものの　山《やま》を
まえにして、もう　どうしていいのか
わからず、たちすくんでいました。
そこへ……

ぜんぶ　きかせてもらったわ。
おこまりのようね。
それ、わたしたちで　きょうじゅうに
たべちゃいましょうか。

ギャルツネ《ぎゃるつね》ちゃんを
せんとうに、いままで
たたかってきた
大《おお》ぐいせんしゅけんの
メンバー《めんばー》が　せいぞろい
しています。

「ぜんぶって……ここに　ある
たべものは、5年分《ねんぶん》だよ。むりむり。」
イシシ《いしし》が　あきれて　いいました。ところが、
「へん、ブルル《ぶるる》も　しみったれだよ。

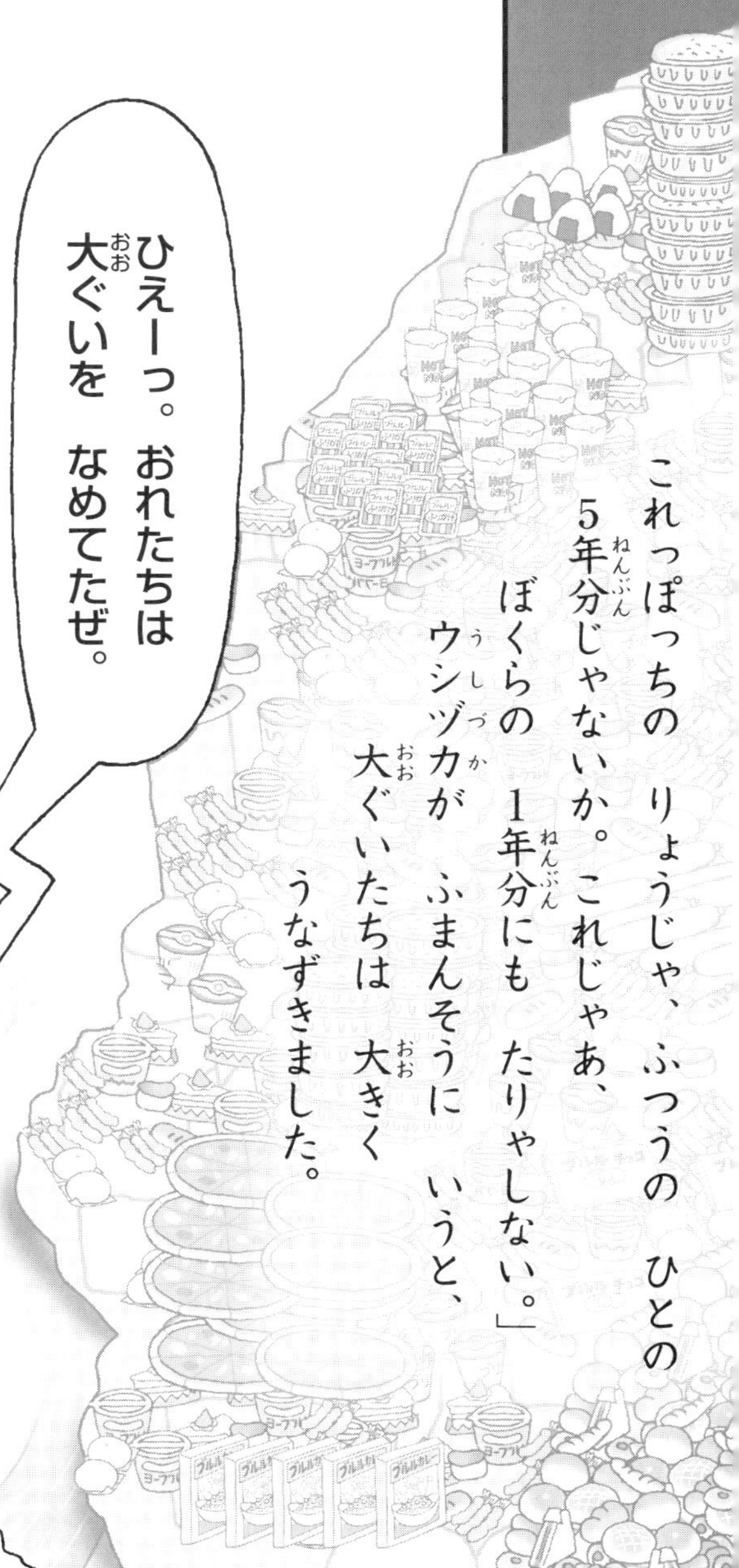

これっぽっちの　りょうじゃ、ふつうの　ひとの
5年分《ねんぶん》じゃないか。これじゃあ、
ぼくらの　1年分《ねんぶん》にも　たりゃしない。」
ウシヅカ《うしづか》が　ふまんそうに　いうと、
大《おお》ぐいたちは　大《おお》きく
うなずきました。

ひえーっ。おれたちは
大《おお》ぐいを　なめてたぜ。

おそれいった
ゾロリ《ぞろり》たちは、チャンピオンベルト《ちゃんぴおんべると》も
しょうひんも　すべてを　ゆずると、
おもい　からだを　ゆすって、にげるように
そのばから　きえていきました。

おなかの　おちついた　ゾロリ《ぞろり》は、
こんかい　「かいけつゾロリ《ぞろり》」として
かつやくが　できなかったので、
どくしゃサービス《さーびす》で
へんしんしてみました。

ねえねえ　ゾロリ《ぞろり》せんせ。あの　ギャルツネ《ぎゃるつね》ちゃん、ゾロリ《ぞろり》せんせに　ほれちまったんじゃ　ないだかね。おら　そう　おもうだよ。
ウーン《うーん》。もし　そうだと　しても、大《おお》ぐいの　そこしれぬ　おそろしさを　しってしまった
○イシシは しょうひきげん ぎれだと いわれたのに もったいない ないから ホットヌーブルカップメンと ブルルカレーを 3こずつ もって きたぞ
きっと おなかこわして ダイエットの やくには たつかもね
あの　テレビ《てれび》の　ディレクター《でぃれくたー》、しちょうりつが　すごく　あがって　大《おお》よろこびしてる　らしいだよ。それも、ぜーんぶ　ゾロリ《ぞろり》せんせの　おかげだな。

からなあ。おれさま、かのじょを たべさせて いく じしんは、とても ないぜ。
それよりも。
この ふとった からだ、まじで なんとか しないと、おれさまの ファン《ふぁん》が どんどん いなくなって しまいそうで、こわいぜ!!
ゾロリ《ぞろり》せんせは つぎつぎと アイディア《あいでぃあ》が うかぶから、きっと いちりゅうの テレビ《てれび》の ディレクター《でぃれくたー》にも なれるだね。
どくしゃの みんな、おれさま すぐに ダイエット《だいえっと》して、もとの カッチョ《かっちょ》いい スタイル《すたいる》に もどしてみせるから、まってて くれよな。

かいけつゾロリホームページ
www.zorori.com

●著者紹介
原ゆたか（はらゆたか）
一九五三年、熊本県に生まれる。七四年KFSコンテスト・講談社児童図書部門賞受賞。主な作品に、「ちいさなもり」「プカプカチョコレー島」シリーズ、「よわむしおばけ」シリーズ、「ほうれんそうマン」シリーズ、「かいけつゾロリ」シリーズ、「おばけのユータくん」シリーズ、「魔法のおみやげ」シリーズ、「サンタクロース一年生」などがある。

かいけつゾロリシリーズ㊶
かいけつゾロリ たべるぜ！大ぐいせんしゅけん
二〇〇七年　七月　第1刷
二〇一二年　一月　第16刷

著　者　原ゆたか
発行者　坂井宏先
編　集　浪崎裕代
発行所　株式会社　**ポプラ社**
東京都新宿区大京町22―1　〒一六〇-八五六五
TEL　〇三―三三五七―二二一六（編集）
〇三―三三五七―二二一二（営業）
〇一二〇―六六六―五五三（お客様相談室）
FAX　〇三―三三五九―二三五九（ご注文）
振替　〇〇一四〇―三―一四九二七一
印刷・製本　凸版印刷株式会社

このお話の主人公かいけつゾロリは「ほうれんそうマン」シリーズの著者みづしま志穂氏の御諒解のもとにおなじキャラクターで新たに原ゆたか氏が創作したものです。

みなさんのおたよりをお待ちしております。おたよりは編集局から著者へおわたしいたします。

ISBN978-4-591-09836-3
インターネットホームページ　http://www.poplar.co.jp

913　原ゆたか
かいけつゾロリ
たべるぜ！大ぐいせんしゅけん
ポプラ社　2007
103p　22cm
かいけつゾロリシリーズ㊶

②

●せつめいカードと　ひょうし
いがいの　6まいの　あおい
せんを　やまおりに　します。

●ひょうしは　まんなかで　2つに
おります。ひょうしを　いちばん
そとがわに　して、ページの
じゅんばんに　かさねます。

③

●12ページ、13ページの
まんなかの　おりめの
ところ　2かしょを
ホッチキスで　しっかり
とめれば　できあがり。

きりとりせん

たにおりせん

おうちは
ワンルーム《わんるーむ》

うしも　とりも
モー《もー》　ケッコウ《けっこう》

ビール《びーる》を
あびーるほど　のむ

ヘルシー《へるしー》な
りょうりは
すぐ
おなか
へるしー
ゴーッ
23

アシカ《あしか》の
あしか《あしか》？
4

でんわに
でんわ
21

ようかんは
よう　かんで
たべてね
ニッチャ
6

うしが
ウシシ《うしし》と
わらう
むりむり
ウ
19

マス《ます》を
つります
8

アニメ《あにめ》ずきの
兄《あに》め
17

ナイト《ないと》が　いないと
たすけれ　ないと

ゲタ《げた》が
ぬげた
15

ミント《みんと》は
たべてみんと
ミント
12

この　シソ《しそ》
おいしそー
シソ
13

9784591051320
1918093008805
ポプラ社の新・小さな童話
〈かいけつゾロリシリーズ〉付録
ISBN4-591-05132-3
C8093 P880E

ポプラ社
非売品

とくべつふろく

〈つくりかた〉

きりとりせん

やまおりせん

❶ きりとりせんを きりとります。

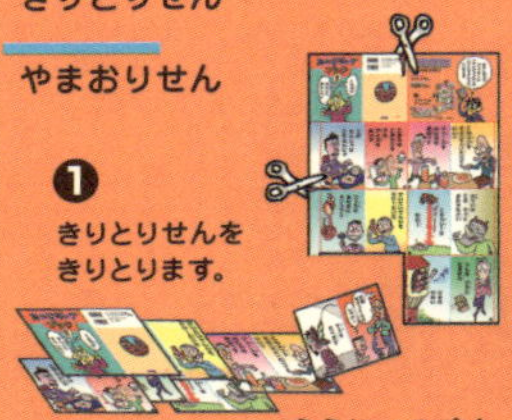

うらに　つづく

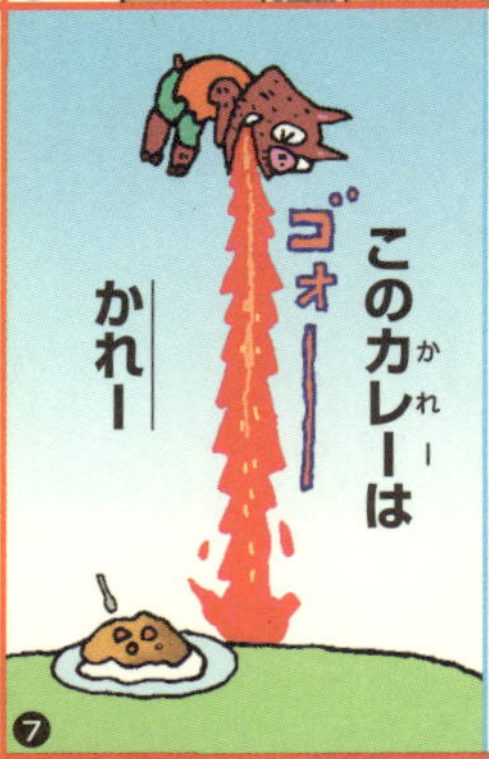

ディレクター《でぃれくたー》が テレビ《てれび》きょくに もどってみると……。

ネコジマディレクター《ねこじまでぃれくたー》、おめでとうございます。『赤白《あかしろ》うたがっせん』や、ドラマ《どらま》『カレー《かれー》の いちぞく』を ぬいて、しちょうりつ 1いに なりましたよ。

しんきろく
しちょうりつ 65%おめでとう!!

ほ、ほんとー。

はっ
これも、すべて ゾーロリ《ぞーろり》さんの アイディア《あいでぃあ》の おかげ……。

しちょうりつ ばかり 気《き》にして、あのひとに おれいを いうの わすれていた。